有故乡的人

且解金龟 著

浙江人民出版社

图书在版编目（CIP）数据

有故乡的人 / 且解金龟著. -- 杭州 ：浙江人民出版社，2025.1. -- ISBN 978-7-213-11692-6

Ⅰ．I267

中国国家版本馆 CIP 数据核字第 202415YY34 号

有故乡的人

YOU GUXIANG DE REN

且解金龟　著

出版发行：浙江人民出版社（杭州市环城北路 177 号　邮编　310006）
　　　　　市场部电话：(0571) 85061682　85176516
责任编辑：尚咪咪　　　　　　　　营销编辑：张紫懿
责任校对：陈　春　　　　　　　　封面设计：王　芸
责任印务：程　琳
电脑制版：杭州敬恒文化传媒有限公司
印　　刷：杭州杭新印务有限公司
开　　本：880 毫米×1230 毫米　1/32　　印　　张：6.625
字　　数：108 千字　　　　　　　　　　　插　　页：1
版　　次：2025 年 1 月第 1 版　　　　　　印　　次：2025 年 1 月第 1 次印刷
书　　号：ISBN 978-7-213-11692-6
定　　价：68.00 元

如发现印装质量问题，影响阅读，请与市场部联系调换。

谨以此书，献给在大地上躬耕劳作的父亲和母亲
并献给我的故乡
它养育了我的躯体，拯救着我的灵魂

自　序

很多年前,我读到黄永玉写给沈从文先生的话——"一个战士,若不战死沙场,便是回到故乡",颇有惊心之感。然而,回想起来,彼时青葱年华,没有历经岁月流逝的感触,与故乡物理距离并不远,所在的大学校园也位于田野之中,与故乡风物并无二致,所以心中那时更多是对于"沙场"的憧憬,而不是"回到故乡"的缱绻,能解释的唯一理由也就是海德格尔的那句话:"诗人的天职就是还乡,还乡使故土成为亲近本源之处。"就像海子的诗中,处处可以看到故乡的影子:"珍惜黄昏的村庄,珍惜雨水的村庄/万里无云如同我永恒的悲伤。""大地""芦苇""稻谷""麦子"等乡土字眼表达着海子对村庄的怀念和想象。毋宁说,这种精神意义上的"还乡",从那时起,就已经成为我心理版图中一股重要潜流。

时间会让一切发生改变。那个叫马桥的小镇，双溪，铁塘，清花河，岐山，曾经就是我全部的世界。而后很多年里，我离这一切渐行渐远，漫游与迁徙，直到驻足距故乡三千多里外的北京。坦诚地说，在青少年时代，我所有努力都是企图逃离，很早就有一种背井离乡的感觉。在游子的记忆中，故乡远不止一个单纯的地址，故乡是一部生活史，一部留有体温、指纹、足迹，由旧物、细节、各种难忘的人和事构成的生活档案。

乡村少年渴望逃离故土奔向都市，是再正常不过的渴求，有无数文学作品书写过这样的故事。但居于城市多年后，他们的回忆往往会被改写。当我拿起笔写作，故乡人事自然成为回望和凝视对象时，我特别警惕这种记忆的幻觉，担心自己出于难以诉说的心理，使乡村在回望中被蒙上一层温情滤镜，或者在岁月侵蚀下渐渐丧失原貌的真切，变成虚构的桃花源或想象的乌托邦。回顾乡村生活经历，我可以负责任地说，锄头落地、汗滴入土的声音，不是能够轻松吟唱的乡愁的诗。因此，一直以来，我对盛行的"怀乡病"始终心情复杂，提醒自己作为已经是乡村外部的人，避免将理想类型的村庄作为迷恋的对象，陷入关于乡土记忆和传统农村的想象中。

在近年来城市化的巨幅篇章中，乡愁显然具有了不同意义。就像罗大佑在 20 世纪 80 年代高唱"台北不是我的家，我的家乡没有霓虹灯"，今天这样的故事在广袤大地上不断涌现，整个社会开始萌生都市文明笼罩下的乡愁。一度有无数声音在哀鸣"故乡的沦陷"。这一切汇聚在一起，却衬托出我们这一代人的故事是如此雷同和贫乏，几乎都被格式化了，然后又用某种方式包裹、装饰了自己。乡村发展的主体本应是那些还留在乡村的人，他们的命运和追求应由他们自己把握。"乡愁者"需要警惕的是，乡村成了自己并不真正了解的他者，而仅仅是怀念的对象、表达爱心的空间和被改造的客体。

当亿万农民渴望走出村庄，乐此不疲地追逐拥抱现代生活的时候，很多人却呼喊着回归村庄，守候村庄。对于由农业文明锻造出来的中华民族来说，乡土中国一直是这个民族整体上的故乡。当痛心于"故土沦陷"的人们回到故乡，却感觉愈发陌生，想象中田园诗般的"乡土中国"已不多见。这到底是重回旧梦的一厢情愿，还是停留在记忆线上的刻舟求剑？

这个集子里简陋的文字或许能大致还原一个乡村少年的个体体验与心路历程。某种意义上说，写作者都是在用写作方式清算自己，也是在与外界争夺自己。"清算"的动因或许缘于自己关于乡村的记忆越来越模糊，"争夺"或许是觉得在公共话语之中,乡村少年的经验付之阙如。毕竟我认为,对土地、小人物、自我经历、内心真实感受的忠诚,是一切美德,如慈悲心、正直和勇气等的基础。如果说我的"个体经验"将激活一部分"集体经验",我所站立的人群是出生在20世纪七八十年代,通过求学进入城市的知识者,一个早已远离农业劳动之美,差不多与乡土隔绝了的群体,那我就不能轻易站在知识者的立场对乡村予以批判,也要避免在流行"怀乡病"里描绘被遮蔽、被改写的乡村。唯有不断自我审视,将理性与感性平衡,才能兼容"知识者"与"乡下人",才能关联乡土与都市、农业文明与现代文明、传统与现代。

　　作为文化象征的乡村正在消失,这是现代性的宿命,还是指向值得追求的他途?如果真有这样一条路,那么"怀乡病"就不只是怀旧与惆怅,村庄的想象将引导人们去寻找此心安处的故乡,盼望有那么一片可以依恋和守候的家园,让充满劳绩的心灵"诗意安居"。自然经济创造了田园牧歌式的传统生活,蕴含着人类童年时期的天真烂漫。市场经济造就追求效率和速度的现代生活,富含着人类青年时代的狂热激情。或许我们忧虑的是:在快速变迁、令人眼花缭乱的当今与未来,我们将如何自处,如何过活,如何安顿骨骼与灵魂?这是当代人的焦虑,也是现代性的焦虑。

　　从根本上说，乡愁，是与故土的牵系，是历史文化的滋养，是在忙忙碌碌中对精神家园的追寻。写完这本书的时候，临近春节，人们正在收拾行囊，踏上家的归途。在通往现代化急匆匆的旅途中，乡土也只能被装入行囊，不时被拿出来怀恋一番，以免彻底忘却：我们是谁？我们从哪里来？我们要到哪里去？或许追忆缅怀了许久，还是失望地发现，故乡是一个可以让自己遥望却不能亲近的地方。但依然可以欣慰的是，我们能够回到父母跟前说说心里话，到田野里走走，听听熟悉的乡音，感受与儿时一样的风霜雨雪。那一刻，仿佛回到了童年，大地，伙伴，逝去的时光，一个个影像都复活了，那不正是自己怀念的东西吗？

　　人生如逆旅，远看是漫游，近看是回乡。是为序。

目 录

还乡 | 在我出生的湘中丘陵

临近终点的旅途	003
墟　集	007
遍地银河	013
风雨无乡	017
酿酒的母亲	022
父亲和他的一砖一瓦	025
心灵深处的坟墓	034
乡　雪	043
夜行火车	049
人歌人哭	053
记忆缝隙的叙事	060
清花河畔读书郎	067
唐诗欠父亲一首诗	073
记得与"活着"	075

漫游 | 海是地球的第一个名字

海，是地球的第一个名字　　　　　079

2008 年的马蹄　　　　　　　　　094

在城市的屋顶怀想一块土地　　　　101

地下通道的吹笛人　　　　　　　　105

阳光泄露的秘密　　　　　　　　　110

感　触　　　　　　　　　　　　　116

我与我的周旋　　　　　　　　　　121

活在珍贵的人间　　　　　　　　　125

平常心是道　　　　　　　　　　　127

艺术苍穹下的遐想　　　　　　　　129

音乐犹如一场治疗　　　　　　　　134

不即不离　无束无缚　　　　　　　137

湖湘形胜　　　　　　　　　　　　140

履　痕　　　　　　　　　　　　　151

失眠手记　　　　　　　　　　　　168

短歌微吟　　　　　　　　　　　　182

作为隐喻的海岛　　　　　　　　　189

后　记　　　　　　　　　　　　　198

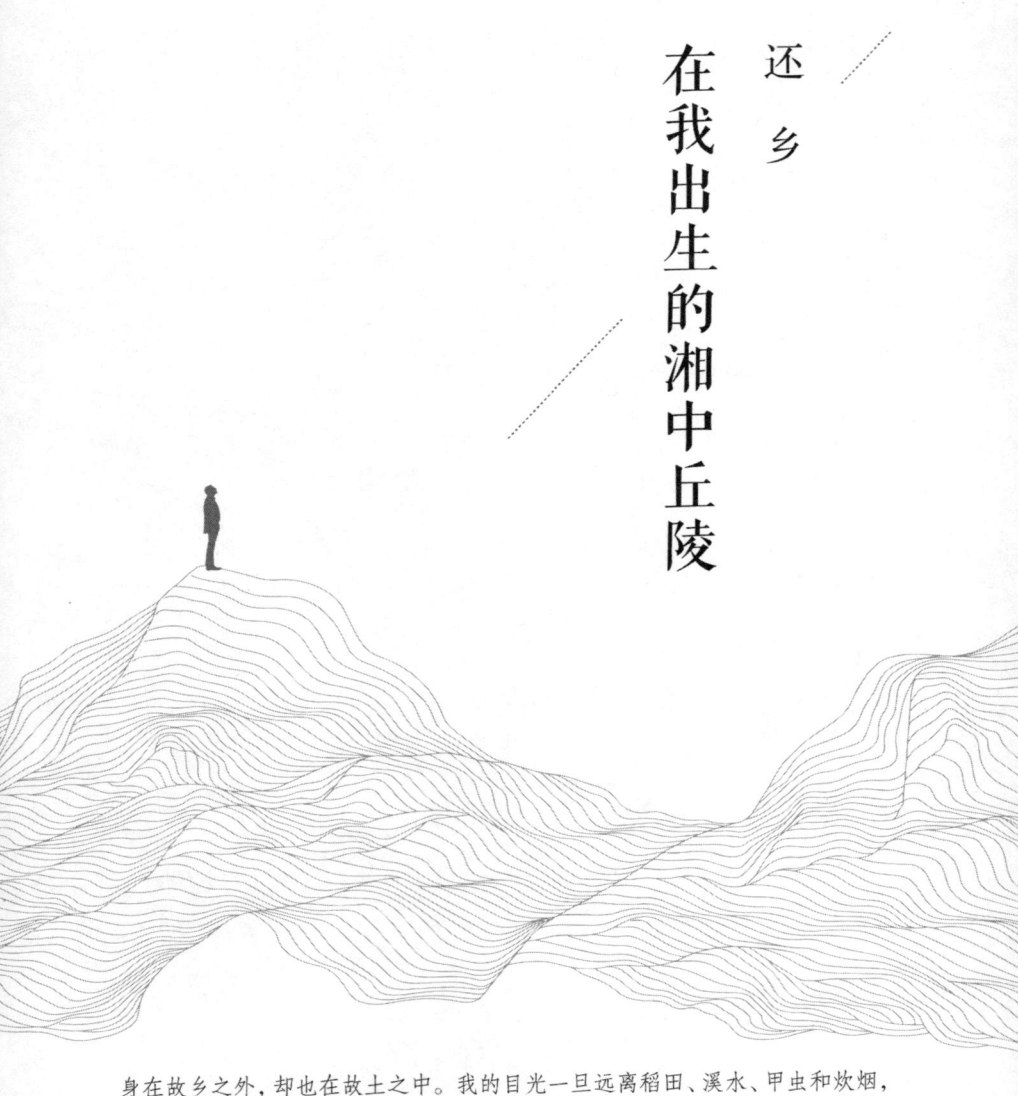

还乡

在我出生的湘中丘陵

  身在故乡之外，却也在故土之中。我的目光一旦远离稻田、溪水、甲虫和炊烟，正在落叶的树，路上边走边衰老的行人，便觉得自己的写作难以深入内心。

  在我写过的很多文章中，经常会使用这个句式——"在我出生的湘中丘陵……"每当这时，就像接通了一个神秘开关，文思汩汩而来。并非刻意为之，但常常会不自觉地写下它。

  感谢这个于我帮助甚多的句子。

临近终点的旅途

决定去那个充满诱惑的地方，走进历史扑朔迷离的风景，和与我有前生夙缘的山水对话。去感受那独有的细腻，那浓似血的土壤，那迎面飘入心灵的炊烟……冬天，向着大雁飞去的方向寻找一块诗意的栖居地。

此行的目的地是隐山，一座在五十万分之一的地图上都未曾标出的小山，但是许久以来，它的名字一直在我耳边轰鸣。我曾经设想，如果有可能，我愿意跋涉在荒野的深处，去寻找每一座古壁上斑驳的文字，年复一年地追寻历史的残梦和悠远苍茫的文化。在千年之末，隐山指引了我的去向。

到隐山要经过碧泉，碧泉书堂是宋儒胡安国、胡宏父子讲学的地方，胡安国的墓葬在隐山。《宋史》载，胡安国为避中原之战乱，携子侄自福建崇安经湖北荆门迤逦行至湖南，隐居湘潭碧泉筑坛讲学，著《胡氏春秋传》，开湖湘文化之先河，其子胡宏继承父志，将湖湘文化发扬光大。

到将近千年之后的今天,胡安国父子的名字静静躺在我家祖传的家谱中。江山留胜迹,我辈复登临。似乎冥冥之中有一种力量在驱使我走一次祖先曾走过的路。那么,我究竟是在用饱含激情的行走体验祖先筚路蓝缕的艰难历程,还是在远古与现实更替中完成一次生命对历史的追问?

我在碧泉镇下了车,经人指点,原来到碧泉书堂所在地还有几里路。一路上,我像一个即将到家的孩子,兴奋,又有几分腼腆。我似乎看见一位年迈长者站在篱门外翘首遥望,其人峨冠博带,长袖飘飘;似乎看见先人们在饮酒、击剑、读书、唱歌、荷锄而归。

碧泉书堂早已踪迹全无,我却很容易地找到了盘屈山下的碧泉潭。据说当年胡安国就是被这里湛蓝的潭水所吸引,决定隐居于此。掬一捧潭水,我像握住了先人的手,然而环顾四周,只有石壁上"碧泉潭"三字依稀有些岁月痕迹。村姑们在潭边汲水洗菜,嬉笑打闹,便有了许多野趣。一老者用一担硕大水桶挑水,我跟随他来到一家小小的酒肆,土法烧制的酒刚好出炉,我忍不住夸酒香,老者慷慨地舀酒让我品尝,酒香醇可口,往来沽酒的村人络绎不绝。

碧泉书堂旧址上的住户是一位姓谭的老人,从他口中得知,隐山距碧泉还有数十里路,都是山路,一天时间无法往返。老人讲起书堂历史,却又突然沉默下去,满脸悲戚神色。我不断追问之下才知道,原来老人的儿子得了癌症晚期,躺在市里医院已是命悬一线,老人是为筹钱而回来。而我,除了离开时悄悄放下身上一点钱,却不知道怎样安慰他才好。

已经无法再去隐山,我只得沿着机耕路往回走。路旁是潭水汇成的溪流,清澈见底,鸭子在水中自由游动、觅食,收割后的田野空空荡荡,儿童在放火烧荒,远处一所小学校墙上刷着"百年大计,教育为本"的白色标语。我看着这一切,想起这次旅行,潭水,酒肆,没有到达的隐山,风烛残年的老人和他在医院的儿子,心中百感交集。血红的太阳挂在天边,我踽踽而行,承受了世纪末最后的黄昏。

这是一次临近终点的旅途,在20世纪的最后一天,一次短暂的没有到达目的地的旅行,给予了我浓缩的复杂丰富的人生体验。我无法分清在这个过程里面,有多少是理性思考和文化关怀,多少是生命体验和情感宣泄,多少是历史朝拜和血脉感召,多少是命运的驱使和精神的放逐。这又是一次永远都无法完成的旅行。真正的旅行是穿越生命的,对于一切听从内心召唤的人来说,任何简单形式都足以深入生命本身,但哪怕是用一生的时间也无法走遍生命每一个角落。人生是一直"在路上",而这条路永远都走不完。

墟　集

一

墟集在广袤乡村土地上随处可见。作为扎根乡野具体而微的城市造型，墟集容纳了由于人口密集所必然产生的某些特征，简陋的街道、纷乱的店铺、熙攘的人群以及各种声音和气味，常常把城市的拥挤与嘈杂模拟得惟妙惟肖，而它寄居的乡野质地又决定了它天然的朴素、开敞及秩序的若有若无。

一座座墟集以城乡间过渡场所的姿态而存在，维系着四时劳作的人们与城市行为的亲近。墟集给予人们的这些直接明了的印象，映衬着城市作为强势文明载体在人们心理与视觉上的急剧扩张，而实际上墟集是城市的原生形态并一直充当它生长的底本。库柏说：上帝创造了乡村，人类创造了城市。在人类社会之初，墟集伴随着交换行为而出现并将生长点永久固定在乡村,城市在此基础上产生、繁衍并最终以迥异于乡村的状态与母体隔离,日趋成为财富和威权的集中地。

在城市发展史上,墟集曾经起着不可替代的作用,是文明进化历程遗留下的历史记忆残片,并作为人类精神、物质生长的有力佐证凸现出另一时空的微妙信息。它顽强地部分保持了人类生存的最初形态并拒绝城市日益加深的精密的效率、抽象的时间与大量省略的过程,遗世独立于城市系统之外然而又是城市的细微触角。

二

在我出生的南方丘陵,墟集从城乡接壤处开始出现,沿着道路、河流和山脉走势向纵深发展,绵延不绝。当我启动以一座城市为目标的旅途时,一些密集的房舍、车马喧嚷的汽车停靠点以数字和"塘"组合命名,依次闯入我的眼帘。方志上说:塘,驿镇,十里为一。这些呼之欲出、表征自身密度的墟集使这条国道如栽满路标一样显得整饬而饱满。

而我接触更多的是姿态各异、规模不一在丘陵红褐肌肤上跌宕起伏的众多墟集,它们像一枚枚纽扣缀在乡村的怀里,道路沟壑相通,如密集的蛛网水银泻地般渗透充斥到乡间,四周是层叠的山冈、芜漫的田野、错落的村庄以及河流、树木和牲畜,它们为此起彼落的墟集组成一幅憩息其上并孤老终生的广阔布景。每一座墟集都会拥有一个诗意盎然、充满泥土味的名字,并由颜色黯旧长满青苔的飞檐房屋、古旧的石拱桥、斑驳的老树体现出它们之间天然凑泊的缘分,勾起人们的怀旧情绪。

波浪一般的丘陵上像开了一扇扇的窗,农人的艰辛和窘迫若隐若现。他们因为一点简单交易而时聚时散,伴随尾数固定的日子进入不同的墟集,对微薄生计进行一番苦心经营和算计。他们在这里沽酒、买肉、剃头、裁衣,出卖瓜菜、牲口和木炭,同时交换对农事的看法,获得新奇谈资。他们在这里流露纯朴观念,释放生命热情并得到朴实的满足。

墟集成为乡村肌体中最活跃的表层,农人对它们像对土地一样熟悉而亲切,同时他们把自己像庄稼一样固定在土地之中。

三

我儿时无数个无所事事的日子曾被一座墟集所充实,那逼仄、简短的街道像我的童年一样冗长。

我在街道两旁紧凑的土坯房中冲进冲出,和一群街头少年整天忙于装弹弓、滚铁圈,在石板街道上虚拟一些战争和爱情桥段,从中寻找单纯的快乐,我把一些童谣牢牢记着并随时让它们响彻街巷。对每一个墟日的到来,我都兴奋异常,那时种种喧嚷和吆喝让我血脉偾张。我流连于各种摊贩前,还热衷于到独轮车行或榨油坊搞一些孩提式的恶作剧。我会无一例外地跑到桥头看那个瞎子煞有介事地掐算别人的命运,或者看几个老头把一盘象棋下到日落。

在许多个庄重的日子里,我被族长押进祠堂去拜访沉默的祖先,又常常如一个躲在战壕里的士兵以急切心情等待露天电影中的一场战斗打响。农闲时节的街尾土台上,年年会发生有关刘海和朱买臣的相同故事,我对这些花鼓剧目像多年老友一样熟识又热情不减,它那粗放的唱腔和插科打诨的情趣也会长久地遗留在乡村大地上。

每一个长长的夏日都被我泡在洗涤着那座墟集的溪流里,在那里抬眼看到的"抓革命、促生产""打倒四人帮"之类的白色标语年复一年陪伴着我,它们成为这座墟集提供给我的最早读本。夏夜里毫无顾忌的庄稼汉们在河畔大树下聚谈,我从他们豪爽、风趣、带有淡淡苦涩的谈吐中感觉到古老土地的沉重呼吸。

四

墟集也毫无保留地参与了人类生活,像历史无法湮没的碎片记取人类的激情与庸常。作为生生不息的文化主题与原型,它既是文明开化、经济贸易的中间地带,又因与战争、迁徙、风月、祭祀等的紧密联系,而成为人类多维心理景况的凝聚点和生存象征。

"他们源源不断地拥有许多好东西,他们不需要驾船出海,因为丰产的土地为他们出产果实。"赫西俄德在《工作与时日》里所描绘的这些已被视为古代社会的天堂。农耕时代的生产力无法满足人类日益增长的欲望,城市化成为席卷而来的潮流。墟集和村镇作为城乡之间的过渡场所,以及象征人类精神诗意栖居的边缘地带,日渐如一座漂浮的孤岛,在连绵不绝的潮汐中逐渐接近喧嚣市声的射程,它们日益向城市靠近,共同构成人们所置身的无从躲避的空间。面对这个人来人往、物品丰阜、买卖兴隆的世界,在无数从乡村走向城市的人群之中,墟集俨然成了一个巨大的隐喻。

遍地银河

　　星空具有某种神秘的外表。它让我回想起童年时在路上遇到的一位老人,他皱纹遍布的脸上呈现一派沉思无边的模样。我不知道他从哪里来,要到哪里去,他以陌生者的身份引起我足够的好奇。我小小的身影伫立在那个阳光充足的下午,目送他走远。那时,我的世界是那么小,最大的梦想就是拥有一只天蓝色的花瓶,插放我采来的野花,那些花就会一直开着。很多年以后,有人从遥远的地方给我寄了一方蜡染,幽蓝底色上缀满大小不一的星星。我把它挂在了床头,在黑沉沉的夜里,让这些星星把我幽暗的梦境照亮。早晨一睁开眼,我就看见它们在认真地看着我。我就想,这些星星和花,和小鸟一样,是这个尘世的天使。

　　我对星空长盛不衰的热爱起源于儿时。夏日,当晦重的夜色降临在头顶时,熟稔的村庄、牲畜,回家的玩伴淹没在无边静谧中,喧嚣的世界像一个满足的老农枕头睡去。我常常独自一人躺在屋外的石板上,久久地仰头凝视、侧耳倾听。光芒闪闪的星空像一堆熊熊篝火,又像无数颗晶莹的眼睛。它们离我那么远,似乎又那么近。渐渐地,晚风吹来夜露、虫鸣和植物在子夜发出的芳香,像是星空俯下身来轻微的呼吸。我感到快活又惆怅,有难抑的兴奋,也有一丝莫名的恐惧。我感觉自己的身体在扩张开来,来到了一个广阔无垠的空间,有一种无法把握的力量从夜空中隐隐传来。那些不言不语似乎也永不移动的星星,究竟在坚守着怎样一种难言的秘密,我是一个毫不知情的旁观者,还是一个与它们一道分享沉默的人?

这种迷恋星空的心灵体验,也许正契合着我一直就有的探求生命神秘的热衷。我愿意把星星看成至灵至性的神祇,宇宙中寂静之夜的守望者。多少年来,这些昼伏夜出的星体,高居天庭又俯瞰万物生息,从薄暮时分渐渐升起,在黎明来临前悄悄隐去,亿万年来盘旋不止,形成人类光阴流转、世事变异的永恒布景。它们是人类能见的最古老的文物,当我们仰头而望时,心中总是涌出这样的诘问:到底谁有力量把星星这样安置,谁赋予它们重量、体积和璀璨的光芒,谁划定它们行走的轨迹?

作为终极存在的事物,星星的光芒仿佛一种神谕,开启着人们的心智,提示一些诸如"从哪里来,到哪里去,要干什么"之类的命题,构成人类精神潜流中的内在图腾。无数人在凝视星空时倾听着星星的诉说,寻找自己灵魂的侧影,表达各色心情和感触。一位居住在德国小镇上的老人康德这样说:世界上唯有两样东西让我们的心灵感到震撼,即头顶的灿烂星空和心中的道德律令。我只能写一些诗来表达内心,比如:"此刻,时光俯身。而我昂首/当夜星被晚风次第吹灭/怅望星空的人,不要流泪/众神的沉默就是我们相依的天堂。"(《雷鸣之夜》)

  岁岁年年,人类匍匐在银河系一隅的小小星球上,头顶的星空引领着我们仰望的视线和灵魂的高蹈。我们目光抵达愈远,就愈加感到自身的微渺和短促,有如尘土。甚至,我们寄身的星球也不过是茫茫宇宙间一粒尘埃。然而,我们目力所及,这个世界依然有那么多人为着各种理由争夺和厮杀,罪恶、灾难和痛苦如影随形。我常常想,如果每一个人都有一双星星那样的眼睛,从遥远方位看一眼我们的星球,一定会更加仁慈、善良和宽容,格斗的手放下刀剑,忘记世间的恩仇和算计,毫无芥蒂地拉起不同肤色的手,为山野的画、小溪的歌而欢欣激动,珍惜和善待我们的友谊和爱情。在尘世中盘桓,执着于鸡虫得失、蜗角争持,太多的事本来轻如鸿毛,却成为生命中不能承受之重。只有当生命的重犁挂在一颗星星上时,犁才会飞上天，同时把我们从虚无中拉出来。人，固然脆弱如芦苇，却是有思想的芦苇；渺小若尘土，也是充满爱心的尘土——这不正是生命的局限与尊严吗？

从童年到少年再到壮年，我们在星星的照映下走动作息，在奔走和沉睡间隙偶尔抬起头颅，睁大眼睛瞻望星空。我们慢慢失去了童年时的惊讶、好奇和屏息静气的敬畏。儿时的星光已投射在熟悉的人脸上，微笑的眼睛里，清晨的鸟鸣、长满花草的小径和一幢房屋的轮廓中。我常常怦然心动：世界这么大，多么不容易，我和它们生活在了一起。斗转星移中，我们都将逐渐老去，沧桑得茫茫一片——"天上一颗星，地上一个人"——像古老的谣曲一样须发皆白。银河遍地，流淌不息。我们最大的奢望就是，用一生的努力，撷取一缕遥远的星光，镶嵌在自己的墓碑上。

风雨无乡

几年前的一段时间,我曾蛰居在一条国道旁一个朋友的农家小院里。那儿有明亮的灶火、甜糯的童谣,翠绿竹林下一方小小菜畦,池塘四周青草丛生。溽热渐退的夏日傍晚,夕阳匀洒的天空有着血色罗裙般的光泽,从稻香中流过的渠水,高高低低的山坡,一切像是故乡黄昏掠过的影子。回乡的感觉突然间真真切切地与我撞了个满怀。

那还是激情恣肆的年岁,我像一只体骼空洞的蝙蝠热衷于四处游荡,在穿州过府的五味百感中,夹杂着古人所谓"客舍似家家似寄"(刘克庄)的况味。夜阑人静时,会没来由地想起南边的故乡。"这是我今夜的家么/一盏灯,一张方桌/我像住进了故事里//风已吹进窗子/梦却迟迟不来/夜色越来越薄/家乡坐在床头挥也挥不去。"(《夜宿他乡》)那时,我常觉得,一个游子的身姿,是上天对造物的一种注释,或是候鸟,或是急矢,或是滚石,而我是一只漂泊的船,船舷边流的是异乡的水,舱里飘的是故乡的炊烟。

  我曾经不止一次向人描述过我的故乡,讲起我在泥土、鸟鸣和野花中疯长的童年。我从不去深究这些谈话的意义,仅仅是为渐行渐远的故土找到一只支起的耳朵。我一直由衷地热爱那些为故乡、为土地立传的写作者:赫西俄德、利奥波特、苇岸……我对他们有一个称呼——"大地的心灵"。而我,目光一旦远离稻田、溪水、甲虫和炊烟,正在落叶的树,路上边走边衰老的行人,便觉得自己的写作难以深入内心。

  然而,现在要回忆起往事多么艰难,我们是被故乡抛弃的游子,而记忆是不服水土的。我们生活的城市,已经少有与生命本质相关的东西了。这里光阴停滞、季节模糊,难以清晰感知春夏秋冬的节律。我就想起一个陈旧的比喻:庄稼。庄稼是我在故乡最熟悉的东西,庄稼的生长告诉了我很多朴素而深刻的事情。它与泥土打成一片,自由自在地呼吸,像少女的腰身渐渐成熟。它成长的每一个过程,从拔节、分蘖、扬花、吐穗到收割,都那么温柔可感。我相信,一个有悟性的人能够洞察其中蕴含的关于生命、心灵和智慧的东西。我甚至要说,故乡是灵魂的源头,始终携带故乡走完人生之路的人是充实、幸福的。在远离故乡的游子心中,地理成了细节,随身的行囊中装着伴随一生的乡音，以及对土地永恒的热爱，对一切生命原始状态的思念，并且在故土陶冶下学会坚忍、朴素和从容生活。

我是要抒发中国文化中不绝如缕的"乡愁"吗？是张翰那种因为家乡鲈鱼味美而思归的怀乡之情，还是在人生途中因怀恋故园和童年而生发的"不如归去"的念头？抑或是，我要表达一个漂泊在都市里的游子，对工业化张开血盆大口吞噬农耕文明的原初、细致、差异之美而不可抑制地痛悼、忧思甚至反抗？都不是。只有我才明白自己在想什么。我在前面的叙述中故作文雅、满怀诗意、刻意铺陈，而有意忽略了乡村生活背后的沉重和艰辛——它一方面确乎是我内心温柔的记忆和怀想，另一方面，我有多么沉醉，就证明有多么浅薄；我有多少诗意，就能看出有多少矫情。

是的，不只是我，无数人的故乡都在"沦陷"。田园早已没有了往日的从容和安静，我们曾经拥有的生活方式、生活环境早已不复当初，人与土地、与故乡的历史关系日渐消逝。这难道不意味着沿袭几千年的文明形态、精神方式和一种人与自然原有关系的消失？即便我想背对着"现代化"为此做一场凭吊、唱一曲挽歌，可故乡"沦陷"后的茫然、创痛，我拙劣的文笔何以言表？也许人心深处，最为重大的事情都无法言说罢。

"鸡鸣时出发的人/永不回家"。远离故乡又回望故乡，或许，我们的生命造型就是一群寻找家园的羁旅者。有一个让人百感交集的词叫作"无家可归"，若身有所居、心无所住，则何尝有家？心无安处、心无安时，又何以为家？我们苦苦寻找的故乡，注定是一个未成形的标点，一条支流最多的无岸之河。

于是，我们终其一生，都在寻觅一个具体而微的地点，来容纳剩余的生命。西谚说：对亚当来说，天堂是他的家；对亚当的子孙来说，家是他的天堂。家园也许正如瓦尔登湖之于梭罗、阿尔之于凡·高，是那样一个天地有情、草木生香的地方，在喧嚣与浮华的射程之外，足以安顿宁静自在的心灵。东坡尝谓："此心安处是吾乡。"那是一个我们未曾抵达的疆域，通往它的道路充满亘古风雨，一切都在讲述那些古老的永恒往事，家园的信仰茂密地覆盖这片土地。我们从未来过却又无比熟悉，那也许是故乡，也许是容身之地。

酿酒的母亲

重阳刚过,母亲就念叨,要酿酒了。

倚门回首,菊花大朵绽放。瘦瘦的阳光下,秋天是一朵日渐远离的云。四周都是村庄、羊群,田野被拾掇得洁净而干爽。家里有水井,母亲却去了很远的井头江挑回一担水。那儿的水清澈甘甜,酿酒最好。傍晚时分,母亲颤悠悠地担着水桶缓缓走来。岁月拱起青春的脊背,母亲的水桶里盛装了她似水的流年。远远望去,母亲的背影就像我们湘南土地上朴素的侧耳根。

米早准备好了。雪白透亮的长乐糯米,捧在手上,掌纹就要跳出来。母亲已忙乎很久,中秋前后就开始张罗:焙制酒曲、涮洗酒缸、准备干柴和稻草。这些事母亲不让别人插手,她格外上心,一丝不苟,像是为着一个盛大的节日精心布置,满怀荣耀和惬意。

一切就绪以后,选一个天气晴好的日子,在门前垒起一个土灶,放上一人高的甑,米倾进去,火熊熊烧起来。

糯米煮熟的清香四散开去,四舍八邻许多人都跑来看,母亲满脸喜气地招呼:记得来喝酒呀。就有人说,喝你家的酒,只怕把舌头也要咽下去呃。母亲就笑得越发生动了。火一熄,众人合力搬下蒸熟的糯米,又倒进屋里一个硕大的缸里。母亲耐心地把糯米搅散、铺平,调入磨成末的酒曲。这时她满脸凝重,口中念念有词,看的人就都有些肃然。直到盖上缸,铺上厚厚的稻草,用石头压得笃实,然后她才长长地呼一口气。

稻草裹住的那缸,静默地躺在屋角,像一只卧伏却生猛的兽。似乎过了蛮长一段日子,母亲不时凑上去嗅嗅,每回都眉开眼笑地说"快了,快了"。终于有阵阵酒香从稻草堆里溢出来,渐渐地浓得化不开,压着的石头都几乎要被撑开。母亲却还是说,再等等,久酿出好酒。

母亲掐算好了取酒的日子。开缸时,她把几个大大的玻璃酒瓶一溜儿摆开,小心翼翼地拿掉石块和稻草,像在满怀慈爱地料理着婴儿的襁褓。浓烈的醇香顿时把她整个儿淹没了。撤掉缸盖时,一泓澄亮淳清的液体亮闪闪的充斥到眼里。母亲往缸中插入酒漏,再舀起酒倒在白瓷碗里,来的人都喝上一碗。端起碗的人先是放在鼻子上猛嗅一阵,用舌头舔上几舔,然后眯起眼睛,一口、两口……嗞然有声,一碗酒要喷着嘴品上半天,一边喝一边夸"好手艺"。

这几大瓶酒要滋润全家大半年,母亲常舀了几提黄澄澄的"酒孚子",装上一杯,让父亲慢慢地品。这酒香气回溢,清淳可口,冬天驱寒,伏天解渴。家里有了客人来,酒是非喝不可的,几杯下肚,客人脸酡眼醺,母亲边加酒边说:再喝点,酒有的是,这酒别的地方喝不到哩。又夸起这酒的好来,说这"湖之酒"早年是贡品,当年衡州府里"青草桥头酒百家"就是卖的这种酒。父亲也在一旁吟咏起不知哪里看来的《鄦酒赋》:"宣神御志,导气养形。遣忧消患,适性顺情。言之者嘉其美味,志之者弃事忘荣。"客人便经不起劝,杯来盏往,不多时就有了一脸可掬的醉态。

我离家远了,母亲却总记得我爱喝家里的酒,每年总不听我的劝,要做上一回。那天,我喝了母亲酿的酒出门,往后的日子都醉在里头了。如今我和母亲隔了铁轨、城市和这些单薄的文字,遥远的酒香又飘过来。母亲,我就是你用岁月酿成的最好的酒,本色犹存。

父亲和他的一砖一瓦

父亲72岁了,建了大半辈子房子。我们自己家住的楼房,就是他一砖一瓦建起来的。固然是为了省钱,但在他心里,其实享受着这样一砖一瓦建造的过程。

他这一生,就是这样,认认真真地,一砖一瓦地建造自己的居所,建筑自己的人生,也建构充满秩序和尊严的内心世界。

父亲上学不多,但很有文化。小学五年级,因为患了心痛病,父亲辍学。家里弟妹六个,作为长子,12岁的他从此担负起了家庭重担。靠自学,父亲能写会算,乃至吟诗作赋都不在话下。他做过大队保管员这样的技术岗位,也同样胜任生产队长和村干部之类的管理岗。小时候村里禁山(禁止到山上砍伐树木),父亲写了长篇五言诗句,内容朴实,通俗押韵,在村里张贴,人人围观。露天放电影,父亲中途即席发言,出口成章,言惊四座,让坐在那里的我内心充满了自豪。

父亲爱学习,劳动之余一有时间就读书看报,到每个地方都要探访那里的乡土风俗和民间逸事,还喜欢给别人讲书上看来的东西。父亲的知识和谈吐,掩盖了他真实的受教育程度,刚认识的人常常误以为他是老师出身。十年前他来北京闲居,兴之所至,写了几万字的回忆录《花甲前的回忆》,几十年的事不遗巨细地记录,情感真切,文字雅驯且生动,夹杂自撰诗词,让我自愧不如。

父亲天资之聪颖,为我所罕见。不但农事样样拔尖,而且兴趣广泛,学啥会啥。他中年学建筑,很快成为技术含量最高的"大工"。他精于乐器,笛子、二胡、锣鼓都能演奏。他画人物、风景、建筑,栩栩如生。他动手能力极强,木工、编织、园艺,样样一学就会,小时候家里用的大部分器物,都是他鼓捣出来的,就连做被人笑称为"虚头把戏"的小孩玩具,他也乐在其中。

他精于烹饪,偶尔被人请去当一回乡厨,一个人就轻松操持一场酒席。他甚至会理发,年轻时带着一套工具,闲暇时为工友们义务服务。不管做什么,他都是拔得头筹的那种,每年春节村里闹龙灯,他一定是技术最好、手举龙珠的那一个……因为他的风雅,乡邻们喜欢用他名字中的一个"相"字,尊称他为"相公"(乡下人对宰相的称呼)。

父亲失学过早,后来由于时代因素,又一再失去参军、招工、提干的机会。我有时想,要不是时乖运蹇,使父亲沉沦乡间,而是给他足够的机遇和条件,能够专注一事,父亲一生该有多大的成就。面对父亲这样的人,有时甚至惭愧我们所得到的一切,是否真正配得上。父亲偶尔也会遗憾生错了年代,不然会有更精彩的人生,得遇更大场面。但他也就是说说而已,并不挂怀。

父亲一辈子在乡村,不乏粗粝的生活中,却惊异地保持了灵魂的高贵。这一方面是他的天性,另一方面源于家风家教。他最常说的一个字是"格",在他看来,一个人、一件事最重要的就是保持"格",任何时候和境遇下,"格"都不能丢。这成了他为人处世和识人待人的原则标准。"格"就是一个人的品格,也是一个人的尊严。在他眼里,金钱、地位、荣誉都不重要,只有德行才值得称道。一个没有"格"的人,哪怕再牛气哄哄,在他看来也一文不值。而一个人再穷困窘迫,如果为人做事有"格",他也会保持足够尊重。

父亲内心充满了浪漫和优雅。家里建好房子后,他在阳台上砌上花坛,植上牡丹,在屋前垄上花圃,种上桂树。四周种上各色花草果树,让这里四季瓜果不断、鲜花飘香。屋前挖出鱼塘,整出菜园,把家里庭院修葺成一个类似桃花源的所在。小时候,他带我们在家旁边的山头辟出一块平地,刷上石灰,在上面画嫦娥奔月之类的图案。忙完一天农活,他会坐在屋前,在夜空下拉二胡,我们就在旁边听着。现在想起来,那是我一生中多么浪漫的时刻。

我最佩服父亲的洒脱,他大概没有读过多少哲学,也没有深研过释道之理,却自然而然地获得了一种人生智慧。他从不为身外之物与人攀比,也几乎不会为一件事长久懊悔,总是不紧不慢地做着自己认为该做的事,很少为外界所扰动,有一种稳定的内心节奏和由此而来的恬淡和自在,对世事有一种通透的看法。这种少有的智慧为我所不及。

父亲是勤劳的。在自然条件并不好的老家,谋一家生计以及供养我们姐弟三人上学,已经够他和母亲费尽心思。除了农活,他想过很多攒钱路子,养鸭子、放羊、养鱼、开商店……披星戴月,勤奋劳作,但从来没在我们面前流露如何辛苦和不易,从小到大没有拖欠过我们一分钱学费,家里也几乎没有欠过债,吃穿用度上虽不是最好,但也没有短缺过。这让我在相对艰苦的环境下,并没有太多内心的匮乏感。勤劳生活一旦持久,就会成为一种习惯,父亲也因此成为一个永远闲不住的人。

父亲心地善良。每到过年过节,或者有了什么好吃的,他都会送一些给家族长辈和村里的孤寡老人。冬天常常有小学生因为雨雪路滑,鞋子衣服湿了而受冻,他会带他们回家,帮他们烘干衣服。有一年春节,他在路边捡回了一个年轻流浪汉,追问之下才知道是从广西桂林来的,因为和家里闹矛盾而出走,父亲留他在家里住了三天,开导劝解,然后给路费和食物让他回家。

父亲一生厚道,从不占别人一点便宜。我上小学时,他管理的建筑队业务红火,每个月都要到我家分账。因为大部分业务都是父亲拉来的,且承担管理责任,工友们总是要他拿10%—15%的管理费,父亲坚决不肯,只要自己的一份工钱,还每次杀鸡宰鱼款待工友。他常常和我说起一件事,小时候他在河里游泳差点溺水,被一位年长同伴所救,这份恩情他记了一辈子,也报答了一辈子。这位伯父去世后,他又把这份情谊转移到其儿子身上,也让我记得这份救命之恩。

父亲生性耿介,直道而行,眼里容不得沙子。有一件事我印象很深,小时候几户人家一起租车给粮站送粮,回来时一称余粮才发现,粮站少收了上千斤稻谷,折算起来也是一笔不少的收入,其他几家都说不是我们故意的,不用去退了。父亲硬是不肯,铁青着脸,说服大家把多出来的钱退回去。因为父亲的性格,他得到了乡民们普遍的尊重。

父亲对自己做过的事都问心无愧,只有一件事总是觉得对我们有愧疚。年轻时,住在市里城郊的姑妈非常疼爱他,且没有子嗣,希望他过去一起生活,继承城郊的土地和市里一大栋门面房。父亲考虑很久还是婉拒了。母亲有时开玩笑说,当时要是去了,我们不但早就成了城里人,也会因为拆迁和城市发展获得丰厚财富。父亲在这种时候总是沉默。

我固然不会因为这种事有任何怨怼,看起来父亲是保守的,但我能理解的是,父亲当时为什么不愿意离开自己熟悉的环境而到一个陌生地方,因为会遇到内心冲突,还可能遭遇环境冷遇,这是自尊自爱的父亲不能接受的。他所喜欢的,莫过于在一个友好环境中,靠自己的品格和努力,获得应有的尊严。父亲是喜欢安稳的,在这一点上,我走向了他的反面,我喜欢并总是为自己寻找新的挑战,而无法忍受一成不变的环境。

在我与父亲的关系里,父亲大部分时候是严肃的,由于生活压力,他不太有时间培养现在所谓的"亲子关系",甚至对父子间的亲昵表现出一种拒斥,对我小时候偶尔出于孩童天性的撒娇也并不欣赏,总是责之为"出特"。他对所有显得轻佻的行为举止都非常不屑。我从小到大持重端方的性格,一部分是拜父亲所赐。

我从小体格羸弱,寡言少语,父亲偶尔难免流露出失望,觉得我不像祖父和他自己一样,在同侪中那样出众。我一度觉得父亲并不喜欢我。长大后我才明白,作为他唯一的儿子,父亲对我不免在关爱中有所挑剔,加上父爱总是不善表达,但父亲始终是深爱我的。他会在我听不到的时候在别人面前夸奖我;他会在我初三、高三的关键时候,瞒着我去和老师沟通,让他们关心我的学习,给我减轻压力;他会因为我关心他抽烟咳嗽对身体不好,而果断把烟戒掉……

父亲除了言传身教我如何做人,很少在学习上要求我。他对我的教诲,印象最深的只有简单三句话。第一句话是:要下狠心走出铁塘。铁塘是父亲生活其间一辈子的小山村,他希望我去看更远更大的世界。第二句话是:长大了我们帮不了你,只能靠你自己。因为父亲这句话,大学三年级我就主动不要家里给学费,靠自己独立生活。第三句话是:你的路自己做主。从小到大,择校、选专业、就业再辞职考研、再找工作、在北京买房,这所有人生中的重要关口,父亲每次都是说,我们不懂,你自己安排。父亲从来没有读过什么教育学理论,但我觉得,他对教育的理解无疑是深刻的。

父亲相信,一个独立、成熟的生命,应该自己去选择,并且自己负责。他(她)不是父母的附属品,也不是父母未竟理想的寄托,更不是父母与现实人生的交换。父亲能做的,就像他建房子一样,为子女的人生打下坚实地基,让房子不论多高,都能立得稳。在而后每一步,都有父亲的心血,他一砖一瓦地垒砌,让房子不断升高,经风雨、长眼界,而在上面攀缘劳作的父亲,也一日一日不可抗拒地老去。

在父亲节这个日子里,我想对父亲说一句:您的一生无须遗憾,因为时代因素,您失却了很多。但是,当我在经历了繁华和世事,见到了很多大人物和大场面之后,我真的觉得,再精彩的人生,都比不上您身上的美德更值得称颂;再浩大繁华的场面,也没有您砌筑的砖瓦、躬耕的土地更真实。

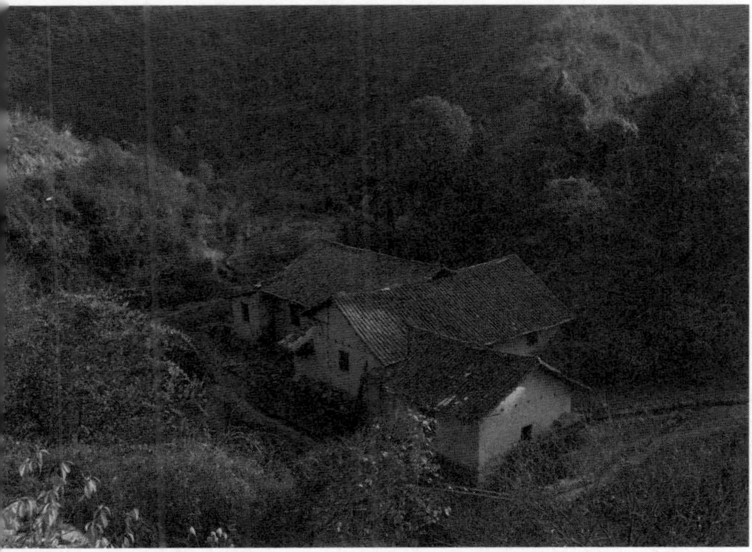

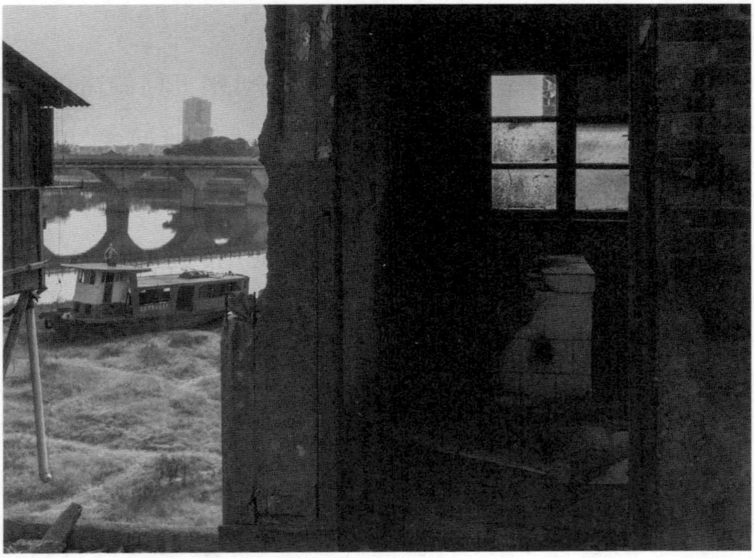

心灵深处的坟墓

得到爷爷去世的消息是在9月13日下午,北京秋天的阳光很温暖,死亡的噩耗却显得那样寒冷。早已知道爷爷的病情,也知道这一天早晚要到来,我原以为能平静接受这一切。但从那一刻起,低平的心情一直持续到现在,总有一种眼泪要从心里流出的感觉,我终于明白,自己并不能轻松地面对爷爷的离去。

匆匆请假、买票、收拾行李,踏上回湖南的路。离国庆长假只有半个多月了,我原想在那时回家,能与爷爷见上一面,谁知命运竟如此残酷。火车在飞驰,我一动不动地倚在窗前,外面景色飞速地变幻,我的思绪不停穿梭,爷爷慈爱亲切的面容定格在眼前,与我脑海里纷至沓来的记忆混合在一起。

爷爷曾是我童年时最亲密的人,长大后我在外求学工作,与爷爷相聚日少,似乎许多情愫渐渐淡忘了,只是到了这个时候,一想起许多事,开始有一阵阵疼痛在心里翻涌。

小时候的我害羞、怕生，见谁都不爱说话，父母常年在外劳作，我和他们也不亲热，只有和爷爷在一起时，我才会显露出一个儿童活泼、贪玩的天性，有什么话也最愿意和爷爷说，爷爷总是疼爱地摸摸我的脑袋，笑着称我"蔫包""呆童"。

我上小学前已经认识不少字，上了学以后阅读欲很强，抓到什么书都读，那时农村可读的东西少，爷爷所有的书、报甚至皇历、家谱，都成了我的精神食粮，于是我们祖孙俩，常常一个戴着老花眼镜，一个咬着手指头，各自拿着一本书在那里读。

那时我自己家建房已经离开祖屋，但我儿时许多时光都是在爷爷的老屋度过的，农忙季节父母顾不上我，更是成天在爷爷家里，端起碗就吃饭，放下书包就玩，晚上就睡在爷爷的床上。我小时候睡觉很"劣"，在床上拳打脚踢，爷爷总是一次次起来，耐心地把我的手脚放好。家里有什么好吃的，或者从外面带了什么东西，爷爷总要留给我一份，夏天就是一根冰棍化成了水，也要给我留着。

小学三年级刚刚学习写作文，我从姐姐的课本上学到了臧克家的《老哥哥》，里面有这样一句话，"老哥哥是世上最好的老人"，我觉得这句话形容爷爷是最好的，我的作文里就有了这样一句:"我的爷爷是这个世界上最好的老人。"——那是童年的我最真挚的心声。

爷爷不到19岁生了我父亲,我小的时候他还很年轻,白发都没有几根。后来我上初中、高中,在学校住宿,和爷爷在一起的时间就越来越少了。逢年过节和到了爷爷奶奶的生日,爷爷的七个子女大部分会回来,儿孙们一大群,家里充满温馨和快乐,爷爷这个时候是最高兴的,眉眼都含着笑,似乎一生的含辛茹苦在这时都得到了报偿。

孙辈多了,爷爷的爱不再集中在我一个人身上,但因为我是家里的"读书种子",也因为我端方持重,爷爷视我为弟妹们的榜样。作为家里的长孙,我也从小就享有和家里男人们同坐一桌的待遇,爷爷总是让我和他同坐一方席。我从小就知道爷爷对我的期望。要是我有做得不对的地方,他也并不骂我,但沉下来的脸上流露的失望,让我自己就会觉得十分惭愧。七八岁左右,一次我和伙伴们去田里扯鱼草,追打嬉戏中在平地上摔了一跤,把臀部摔成骨折,直到现在,我还清晰记得爷爷那时脸上焦急的神情。

高三那年冬天,我在教室里自习,突然看到爷爷在窗外喊我,我很诧异,出来才知道,爷爷和奶奶从小姑家回来,特意绕道走了十几里路到学校来看我,给我带来了鸡蛋和甜酒。爷爷慈爱地摩挲着我，叮嘱了我很多话，过了很久才搀扶着奶奶在寒风中走回去，望着爷爷围着围巾迎风往前走的背影，我的喉头一下哽住了。

记忆中我考上大学那次，爷爷少有的高兴，临上学那天，在席间，爷爷看着我，眼里竟然泛起了泪花。读大学时，因为我认识的一个哲学教授研究湖湘学派的奠基人胡安国，向我询问胡氏家谱，我回家向爷爷说起，爷爷找出家谱交给我，兴奋地给我讲起家谱中记载的历代祖先行迹，讲起家族源远流长的家风。

爷爷像每一个传统中国人一样，有着极强的家族和门楣观念，而他对读书和文化的推崇，更多地源于他的自身经历，源于他一个破碎的梦。爷爷小时候，家庭富庶，他的祖父是我们当地的名医和硕儒，爷爷从小读私塾，12岁又入衡阳考初中，报了教会办的仁爱中学和国立县中两所学校，都考了第一名，他选择了仁爱中学就读。初中仅读一期就遇上日军侵入衡阳，仁爱中学西迁四川，爷爷家有寡母，作为独生子的他只得中断学业回家务农，而后娶妻生子。

虽然求学不成，爷爷在后来的岁月中却一直保持着读书人的本色，一手好毛笔字，写算周全，新中国成立后做高级社社长、公社会计，改革开放后自己开商店，能两手左右开弓同时打算盘。小叔的儿子发蒙前,爷爷教他认字,只凭记忆就能写出唐诗三百首中的大部分。逢年过节乡亲请写对联他来者不拒,家族祭祀、村组大事、红白喜丧、邻里纠纷等,都要请爷爷到场,或主持大局,或公平决断,是德高望重的老人。

爷爷很少谈起少时的求学经历,只是在我考上研究生那年除夕,他说起自己想读书而不得的往事,尽管语气达观,但又有些低沉地说:"一切都是命啊。"我有些感慨,岁月漫漶,爷爷终究还是有很多不甘啊。

年复一年,我学习而后工作,长沙而到北京,离家越来越远,回家次数也越来越少,每次回家,我都会马上去看爷爷,他老人家70多岁了,但依然精神矍铄,眼睛清亮,牙齿都没有松落,我便很感欣慰。倒是爷爷每次都担心我,问我为什么总是这么瘦,是不是工作累,生活不够好,每次都要叮嘱我很多。我和他讲外面的一切,他笑眯眯地听着,兴致很高。每次他必亲自下厨做一碗我爱吃的米粉,斟一杯他自己泡的药酒。

爷爷平常话不多,很少训斥人,脸上总是挂着慈爱的笑容,但他儒雅中又自有一股威严。作为一个大家庭的家长,他总是用自己的一言一行传递着严谨和清明的家风,谨守着乡土社会中为人所称道的做人本分,教育着子女后代如何维持一个家族的良好名声,这是爷爷最为看重的,比钱财什么要重要得多。

爷爷一生养育了七个儿女,父母之于子女,曰养曰教,曰嫁曰娶,在自然条件并不好的家乡,在很多人饿死那样的艰苦年月,要养大一家子人,爷爷可谓是历经贫艰。到晚年他才稍得闲暇,不再农耕,有时间到各个子女家中走走,到处看看。这时孙辈、曾孙辈都陆续出生,爷爷儿孙满堂,家家日子都还过得去,还出了好几个大学生、研究生,别人都说他有福气、"好八字",爷爷说,他听着心里比吃了什么都高兴,走到哪里脸上都有光彩。

现在想来,爷爷晚年享有的只是一个好名声,却没有过上多少清闲而富足的日子。生活一如既往地朴素,他不愿给晚辈增加更多负担,晚辈们给他的钱,他花得不多,最后临终时还把一生积蓄都分给了所有子女。而大家庭之中总难免有些矛盾和口角,爷爷总是从中斡旋,努力维持家庭团结,有什么难处都憋在心里,不为外人道。

爷爷晚年不羡慕别人有钱有权,不盼望子孙飞黄腾达,最大的愿望就是家庭平安、和睦,后人有文化、明事理。爷爷病中,整个村子的人络绎不绝地来看望他。爷爷走后,方圆数十里都有人叹息,一个厚道、有学问的老人走了,难得的明白人啊。那是朴实的乡亲们发自内心表达出的对一个老人的敬意。

爷爷的病情是去年检查出来的,食道癌晚期,医生说活不过一年。家人并没有让爷爷知道,他也一直以为没有大碍。过年的时候我在家,看见爷爷一切如常,只是吞咽稍有困难。我没法让自己相信,爷爷就要不久于人世了。我在心里默默祈祷,希望病魔能放过爷爷,让他老人家再多享受几年时光,让我们的悲伤不要这么快就来临。

离家来上班后,我每隔段时间打电话回去,爷爷总说自己没事,听他声音依然清朗,我一颗悬着的心才能稍稍放下。一直到了8月,家里说爷爷已经进不了食了,只能靠打点滴养着,又过了20天,爷爷已经卧床无法行走了。我最后一次打电话回去,爷爷说话都已困难。那一刻我心情极为难受,在电话里不争气地哭出了声。

很多事是后来才知道的:爷爷几个月前终于知道自己患病的实情,努力想战胜病魔,听说什么治疗方法有用都去尝试,甚至一个人走好几里路去挖草药。他是那样坚强和舍不得离去,直到生命最后一息,头脑都非常清醒,还在希望继续活下去。爷爷有足足40天没进水米,只靠打点滴维持着,但他从不喊痛喊苦,依然关心家里的一切。去世那天上午,爷爷还在说自己没事,要我父亲去忙自己的事。妈妈还说,爷爷最牵挂的就是我。我听着,泪水在心里流，想上天为什么这么残酷，要让这样好的老人受到这么多痛苦和折磨？

人总有一死。死者长已矣，生者当乐天。这些道理我都懂，我也这样来劝慰自己。可在爷爷的葬礼上，看到躺在棺材里的爷爷瘦得不成人形的脸，我终于忍不住热泪长流。我知道，爷爷是满含眷恋离开这个世界的，他心中所牵挂的事情，还有那么多。我有一种从来没有过的奇怪感觉，那么熟悉的爷爷，怎么会这样与我们幽冥永隔了呢？直到现在，我都还觉得爷爷依然是活着的，依然在我们身边，而无法接受这样一个冰冷的事实。

爷爷走过了75年的平凡一生，生前从来没有什么值得歌颂的伟大事迹，也没有留下什么惊人话语。他只是中国土地上一个普通的农民和乡村文化人。他用自己的一生，教给我正直、厚道和坚韧，他的智慧、平和和深沉的爱，还需要我在今后的岁月中慢慢体会和懂得。爷爷的坟墓就在我家屋后山坡上，前后都是青山，一抔黄土，几丛松柏，亲爱的爷爷就静静地永远躺在那里了。离家来京的那天，我到爷爷坟前深深一揖，厚土无言，大爱永在，爷爷，您安息吧。我知道，爷爷会在天国看着我。

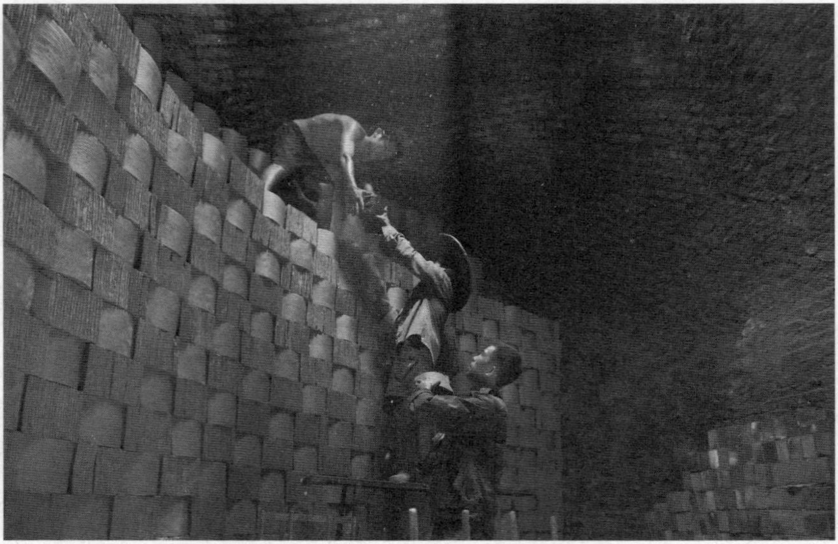

乡 雪

在这座远离故乡的城市，眼前是年终第一场淡淡的雪。雪下得不大，倏忽就不见了踪影。走在街道一旁，雪不紧不慢地落在身前身后的地上。猛一嗅，一股湿漉漉的新鲜泥土味道涌进鼻孔。那一刻，我有些恍惚，故乡的雪似乎在眼前纷至沓来了。

雪，通常从半夜下起来。一早，母亲就在窗外喊，下雪喽。一向赖床的我会一骨碌爬起来，穿上衣裤套上鞋就往外跑。世界好像一夜之间长了一层白色皮肤。远处的山，近处的树，屋顶上，田埂上，雪均匀铺衬着，天地之间只有形状，没有了颜色差异。空中，雪还在不休不止地飘着，硕大的雪花纤细、矜持，伸出手，它会逃开，或者干脆融化。捧一把在手里，沁凉。渐渐就会有一行行脚印，上学的，嬉戏的，串门的，干活的，用树枝、棍棒作手杖，在雪里深一脚浅一脚地走。

雪使得去取水的路打滑了，母亲在灶前烧起火，把铁锅加热来融化雪水。火光在母亲脸上跳跃,母亲的脸映得通红。锅里雪水发出"咕咕"的声音。大人们在家里拉家常,或打着牌。我们跑到水塘边玩丢石子,到山上顺着坡往下滑。父亲喜欢堆雪人,有一年还堆了个狮子,趴在地上,威武得很。我们在旁边看,用脸盆给他运雪。邻家哥哥读了鲁迅的《从百草园到三味书屋》,偷拿了家里的簸箕,在雪地里支起来,撒上秕谷,准备抓几只好看的鸟儿。鸟儿好像学精明了,总不来吃。

那年,雪下得大。母亲一早就催促我和父亲出门,因为要去碧崖,为姑奶奶祝寿。有十来里山路,要赶上晌午饭,得早走才行。我们带着一只黑狗,走过一段机耕路,从伍家湾开始走山路。起初是滑溜的石板路,刮了一夜风,路也冻了。父亲早料到了,出发时便用稻草绳把鞋横着捆了两道。我嫌难看,父亲也不勉强。石板方方正正的,近百年时光摩挲之后,已变得锃亮,中间微微下凹。走着走着,会发现有些石板上镌着字,隐隐约约地看上去是"□□之墓 民国□□年仲春 不孝男□□□立"之类字样。父亲轻轻地骂,哪个不肖子孙,这样糟蹋先人的碑。

走得有点热,我们把外衣脱了,搭在手上。父亲一会儿哼起花鼓戏,"小刘海,在茅棚吆噢,别了娘亲",一会儿又换成了"桂老娘打坐在前台"。时而有一搭没一搭地说话,说起这些田地和山林以前是哪个地主家的,当年如何凑粮出工修水库等。经过一座座村落,父亲总要大声喊某人的名字,就会有熟人出来,互相敬上纸烟,天南海北地闲聊,那人往往一定要留他吃饭,父亲自然是推脱。再往前走,父亲察觉到我的不解,就说这户是谁家岳父的内侄,那户是谁家舅舅的连襟。其中一个憨厚汉子,他祖父当年得了重病,是被太祖父翕林公医好的,因为家贫,连药费都免了,这家后人便一直记着好,每年都要来走动看望。"说了不要这样客气,硬是年年还来。确实蛮讲义道。"父亲语气间有掩饰不住的骄傲。太祖父翕林公刚考上秀才就遇到废科举,于是立志"不为良相,便为良医",在乡间数十年为乡民治病,攻克诸多疑难杂症,悬壶济世之行状在府志中有传,是乡间的传奇人物,也是家族的荣耀。

  黑狗很不安分,时而跑到前面,在雪上留下一串梅花样脚印,时而又蜷下身来,瞪圆眼睛看着我。我悄悄从雪下找出一块石头,往远处一扔,"嗖"的一声,黑狗像箭一样蹿出去,一阵扒拉,再失望走开。这样耍了几次,黑狗不上当了。山路有些蜿蜒,经过一个石煤矿,再走过一道山脊,就是另一个县地界了。路上几乎没有行人。一些隐藏在树梢间的屋角挂满冰凌,光秃秃的树枝丫结了一层厚厚的冰,晶莹透亮,像一排穿着铠甲、手持刀剑的武士。在一片白中,只有我和父亲两个黑色身影在蠕动,黑狗不知跑哪儿去了。

父亲开始回忆他从小到大下过的雪,很有经验地说,这场雪怕是十天半月不能化完了。我有些无趣,时不时拉着树枝摇一摇,让蓬蓬松松的雪散落下来。还有油茶树,每片叶子上都附着同样形状的冰块,我把它剔下来放在手上,看它渐渐缩小,最后成了一摊水。向阳的地方,雪经不起日晒和风吹,开始慢慢地化了,雪水渐渐汇聚到山涧和溪流,潺潺地下山。

经过一座过水天桥,再转过一个山角,下坡,就来到大路上。大路不过是一条不宽的乡级公路,铺着黑黑的窑渣。公路与旁边的小河一起向前延伸,一直伸入雾霭蒙蒙的山中。远处是淡淡山影,在天边形成一道连绵的弧线。其中最高的一座嫘祖峰,山脚下就是我们要去的碧崖。就在这里等着开往碧崖的县际班车。

中屋场的满元从河对岸过来,走过石桥,与父亲说话。满元有三个读大学的子女,在十里八乡都有名。父亲递上纸烟,满元不要,只顾抽他的旱烟。他们说着年成之类的话题,还商议着过年要一起耍龙灯。我听得有些不耐烦,望着远处的嫘祖峰出神。嫘祖据说是黄帝的妻子,聪慧勤劳,善纺织和采药,并将技艺尽授给当地百姓。满元看了看我说:"戴着眼镜哩,是大学生吧。"语气有一丝揶揄。父亲淡淡地说:"明年高考呢,恐怕也要回来挖泥巴哦。"我把眼光从远处移过来,望着静静流淌的清花河水。嫘祖在这儿不知静立了多少年,这河呢,放逐着自己也携带这山上的雪水,究竟要流到哪里去哦。

第二年冬天依然有雪。那时我在一座省内大学,过得颓废不堪。我错过了一直热望的北方名校。逃了整整一个学期课,把自己扔在图书馆和公共教室里。开始写一些感伤的句子,常常有雪的意象:"道路干净/等待一场雪的来临""我们都如同雪花/只是偶尔来到终将消失的地方"。那个下午,我在阶梯教室里读着书,突然听到欢呼声,扭头看窗外已是一片纷纷扬扬。我再也坐不住了,走出去漫无目的地溜达。直到来到露天电影院,那儿空无一人,石凳上积了厚厚一层雪,美得一塌糊涂,像在无声诉说着什么。雪不论落到哪儿,都是雪,都有它的美。我站立良久,感动,而后释然。

屈指算来,我最后一次见到故乡的雪已是14年前了。那年10月,我就从电视屏幕中看到了北京的雪景。我向工作单位请了两个多月假,开始复习考研。考试前十几天,下了一场铺天盖地的大雪,我破例放了自己一天假,到山上流连了一天。

来北京以后，每次回家都没有再遇上雪，我总是抑制不住地独自走进田野深处。走在路上，我常常盼望着能遇到如我当年一样朴素却充满憧憬的少年。但只有一辆辆摩托车或小汽车风驰电掣驶过，从四季如春的南方城市回乡的青年，一定不希望大雪阻滞他们的车轮罢。当年的满元呢，早已经老了。

8年前，故乡在冰冻中度过了一个多月，道路无法通行。远在千里之外的我，感到莫名地羞愧。

故乡的雪，就这样，像苔藓覆盖了我的一生。

夜行火车

在我出生的湘中丘陵,有着明丽的湖泊和妩媚的青山,还有古木幽深的小镇,是那种离城市很远,属于历史和线装书的镇子。有一个叫马桥的镇子,它能在地图上留下一个不大的印记,完全是因为有一条名叫湘桂线的铁路从肋下穿过。

儿时小学就在这条铁路边上,我和同伴阿华总爱在放学后沿着铁轨流连,火车经过时冒着黑烟拖着长笛,很快便融入黛青的山色中,拉走我们怅望的目光。晴好的夜晚,我们逃离父母的视线,到车站简陋工房里,玩各种童年游戏,或者在月光下吟诵着童谣,"一块红铜,挂在省城;好想去取,又怕腿疼"。记忆中火车轮子有力转动,快节奏地沿着轨道在夜色中行驶,开往一个未知世界。火车的形象给了我们清贫岁月里温馨的慰藉,呼应了我年少无知的梦想,也吊诡地预告我渐行渐远的人生轨迹。当回想起这些时,我仿佛透过漫漶时光,看到多年前那些空荡荡的夜晚，少年的我们坐在星光依稀的月台上，时光静止而天地悠悠。

高中时，我就读于京广线畔另一个小镇，那儿是平原，铁轨向着南北天际延伸，把人的视线拉向远方。有亲戚在铁路工务段上班，我得着便利，周末在工务段图书室里过夜，把青春期的热情挥洒在各种文学著作上。火车不时经过发出"哐当哐当"的单调声响，衬托着我因读书生发的丰富想象，虽然身处斗室，却似乎有着广大世界等待我去遨游。在那些作家笔下，火车是进步主义和乐观精神的标志，也是远行与告别的象征，它碾碎前进路上一切危碍险阻，向过去告别，义无反顾地向未来奔驰，虽不乏些许离愁，更饱含着希望和憧憬。那是20世纪90年代中期，还残存着80年代理想主义的余温，空气中洋溢着人们对美好生活的期盼。但也就是在那时某年春节，在我家乡的火车站，几位花季少女在南下打工的拥挤人潮中被践踏至死，像未开的花蕾在寒风中凋零，成为繁荣蒸腾的时代影像中一帧伤感的底片。

一个初秋的下午，我无声跨入京广线往北不远处的一所大学，它身处原野之中，也因此远离喧嚣，保持了一些渐渐不合时宜的浪漫和纯朴。春天，我们在校园外空寂的旷野上，举办了一场诗歌朗诵会，祭奠我爱的诗人海子10

周年忌辰。1989年3月26日山海关外,海子选择了一段上坡的慢行轨道,缓缓躺下,腰部紧挨着冰冷的铁轨。一列货车,从他身上呼啸而过,留下一个干净的胃和几枚新鲜橘瓣……四年过得很快,我与天南海北的同学在站台告别,感伤的除了友情的分割,还因为依稀看到,一朵朵摇曳的花,终将长成一棵棵沉默的树,镶嵌在生活的缝隙里。

人生总是一次次出发,一次次告别,充满着莱蒙托夫式的惆怅:"它在寻求什么,在遥远的异地?它抛下什么,在可爱的故乡?"我继续沿着铁轨北上,直到离开故乡,来到北京,展开另一段人生旅程。祖父去世那年,我深夜坐火车回家奔丧,在明灭相间的车窗旁,想起祖父的一生。他少年时因为日军入侵家乡而中断学业,壮年时又因为家庭责任而放弃了提干进城的机会,在我的记忆里,他习惯于隐忍和周旋,在跌宕的时代大潮中顾全一家老小。他有没有在开往远方的火车站台上怅望、踯躅过呢?到他离世,我都没有机会这样问他。直到在葬礼上,看到这样的偈语:山外有山宗此山,心中有佛宗斯佛。那一刻,我热泪长流,不能自已。

几年前的冬天,故乡处于严寒冰冻之中,回家的路无法通行。我飞越喜马拉雅山脉到了印度。在这个神奇的国度,坐火车绝对是一种不可少的体验。我和妻子从北到南贯穿全境，驻足在印度洋边的小城果阿，暂时从尘世中抽离，度过了梦幻般的一段日子。那一夜，在果阿车站月台上，起程笛声已经响起，一种无法言说的冥想与期待，一种不知身在何方的忧伤，我仿佛又重回当年的马桥车站。可那时8岁的小小少年，怎会有同样的愁绪呢？

通往故乡的高速铁路已经通车了，回家时间骤然缩短了很多。我带着小小年纪的儿子，几个小时就能回到老家。同样一段铁轨，祖父在家国罹难中沿着它跫回故乡，父辈沿着它背井离乡忙于生计，我们为了理想和前途沿着它辗转四方，而儿子呢，他童稚的笑容还不需要承载这样的乡愁，他将来会乘坐更先进的交通工具，到更远的地方，前行的路也一定更加顺畅和敞亮。血脉相连，人生变迁，世事早已沧海桑田。或许，一列夜行火车也是人生和时代的譬喻，我们能看清的，只有车头那一小盏灯照到的轨道。有这些就够了，不需要太多，尽管沿着轨道前行吧，每前行一米，黑暗中的前路又会多照明一米，直到抵达明亮的未来。

人歌人哭

关于中秋节,我记得许多零落细节。

小的时候,很盼望中秋节到来,对它的盼望甚至胜过了过生日"长尾巴"这一天。月圆的晚上,家族里男人们在堂屋里围坐成几桌,放上瓜子花生月饼之类,我喜欢坐在他们中间,一边吃点东西,一边听他们谈天说地,比如农事收成、家族逸事、乡野逸闻乃至鬼神志怪。这是我儿时接受的最早的启蒙教育。现在想起来,这也是传统礼俗社会与宗法制度最后的余韵。

在物质依然匮乏的时代,小孩子们盼望节日往往与吃有关,中秋最大的诱惑是月饼,那时候能吃上家乡土产的酥薄月饼就很满足了,要是能吃上一块花纹带馅的猪油月饼,值得显摆和回味很长时间。大约七八岁那年中秋,我在外婆家,大人们到山上准备过冬要用的柴火,干活心切的他们一直到月上中宵还没有回来。小孩子们盼望着吃月饼,迟迟不能开始。我一气之下往自己家里走,回想起那晚的月色,才真正懂得"月光如水"是什么意思。又大又白的月光,把所有景象都笼罩上了一层奇异色彩,路上除了我空无一人,半夜虫鸣和夜露升起,平添了几分凉意。路上要经过一大片坟地,我壮着胆子径直加速往前走。传说人肩上有三盏灯火,听到鬼魂叫唤如果回头,灯火就会熄灭。我带着紧张而又兴奋的心情,回到家里倒头就睡了,早已忘记了吃不到月饼的不快。

后来我到离家几十里外的县一中上高中,开学几天后就遇上了中秋节。班主任是位严肃的老头,那天晚上却来到教室,组织大家举行了一个临时的晚会,桌上摆了一些吃的,当然有月饼,但已经引不起多少兴趣了。一个帅气男生上台唱了一首张学友的《吻别》,那是"四大天王"最火的时候。歌唱得很有感情,连那些假声和转音都惟妙惟肖。来自县城和邻近乡镇的同学们更活跃一些,见的世面也多些。来自我那个偏远乡的只有两人,和大家不熟,连方言也不通。回寝室路上,我感觉很落寞。同一个乡来的同学似乎发现了什么,他一把搂过我的肩膀,热情交谈,从此我们形影不离。感谢他带着我度过了少年时最孤寂的一段时光。高二那年,那位唱歌的同学以及与我同乡的同学,由于家庭原因,先后离开学校到社会闯荡。再在微信上联系上时,已是 20 多年以后了。回忆起当年的时光,他们早就不记得那个中秋月夜了。

大学期间有一年中秋,一位敬爱可亲的老师,把我们几个他器重的学生叫到家里聚会。高年级师姐与师母在厨房一起做菜,老师和我们在客厅里聊天。满桌菜肴,开心地谈笑,让身在异乡的我们备感温暖。那时我们以为这样的场景会一直重现,然而下一个寒假再回校时,老师和师母已经离婚,我们感到惊愕和不解。老师一个人住着,我们去看他,都没有提及突然的变化。成年男女间的爱与怨,那时的我们又怎会懂得。

还有一段惨痛记忆,至今已有 20 年了。那年暑假过后一开学就听到噩耗,寝室老四来自"产异蛇"的永州,是一位勤奋憨厚的同学,放假在家干农活时突发脑溢血去世,家中只有年迈的父母和尚幼的妹妹。那是一段灰暗的日子,我们第一次感到死亡离得那么近,在我们身边活生生发生。这位同学一直对我照顾有加,早起为我签到,帮我完成作业。那年的中秋没有月亮,我写了一篇《中秋无月》纪念他。我们拒绝了校方允许我们换寝室的好意,同学们相约去看望他的家人。此后很多年里,一些同学一直在为他的父母和妹妹提供力所能及的帮助。这是痛挽,是怀念,也是救赎,我们通过他的离世,更加懂得了生命的意义,在精神上完成了成人礼。

工作以后,有一年我在海上出差,下来时已是中秋之夜,错过了回家团聚的时间。朋友请我吃饭,点了昂贵的刺身,嗜辣的我一向对这类食物敬而远之。那天为了不拂他的好意,我认真品尝,忽然之间就喜欢上了那种味道。不知不觉间我的肠胃也在微妙改变着,它不再固守一种味道,变得更加开放和善于包容。还有一年中秋正逢国庆,我晚上突然接到电话要去单位值班,一家下属企业发生了一些事故,需要保持信息随时畅通,那天晚上我一个人在空荡荡的大楼里,看到月亮紧贴着窗户,照得心里发毛。我每个小时打电话了解一下情况,整整一个通宵。想一想,这个世界上有多少人用自己的坚守,成就着别人的团圆,如果不是亲身经历,我们能真切体会他人的喜怒哀乐吗?

岁月不居,人事变幻,转眼间已到北京十多个年头,每当中秋之夜,望着高楼和树梢间升起的月亮,它有时被云霭遮挡,并不明亮。觉得这一轮月亮似乎与以往有所不同,但其实月亮升升落落,亘古未变,"古人曾见今时月,今月何曾照古人"。在浩渺的时空面前,人太过渺小。人能记住的,还是自己那一点悲欢与人生况味。"鸟来鸟去山色里,人歌人哭水声中",这世上悲欢离合原是一言难诉,一个个月圆月缺之夜,构成了每个人的独特人生体验。月亮兀自照耀着,阴晴圆缺不过是人心情的映射。

前不久我为来家串门的孩子们讲了一次关于中秋的诗词。月亮的传说,他们听得入迷,读起诗词来也抑扬顿挫。从古至今,特别是近几十年来,社会已经发生了巨大变化,人们的生活环境和以往也大不相同,我很疑惑孩子们是否能懂得诗词中表达的情感。"今夜月明人尽望,不知秋思落谁家""满月飞明镜,归心折大刀""西北望乡何处是,东南望月几回圆""佳期旷何许,望望空伫立""未必素娥无怅恨,玉蟾清冷桂花孤"……中秋是团圆之夜,而古人写下的这些诗句,都透着清冷、哀愁、伤感的味道。在蜜罐里长大的孩子们,没有必要在心灵上蒙上悲伤底色,也不用过早明白"月盈则亏"的哲理,但如果能够体会到诗人们对亲人和家乡的怀念、对团圆的向往、对幸福的珍惜,又何尝不是一件好事呢?在他们长大过程中,某一天,某一个瞬间,或许会突然明白这些亘古未变的情愫,这些中国人共同的情感。那么或许他们有时也会孤单,但并不孤独。

而当我在岁月褶皱中检索关于中秋的记忆时,竟然惊慌地发现,似乎离愁别绪居多,团圆欢聚则像水过无痕。难道快乐不值得珍惜?当然不是。快乐和悲伤总是相对出现的,而记忆是有阈值的,它过滤了幸福、团聚、欢笑等常态,只留下不寻常的记忆。人们物质越丰富,经历事情越多,情感就越复杂,对快乐就更加难以餍足。如果像儿时一块月饼就能带来单纯的快乐,我们每个人都会幸福很多。

几天前,90多岁高龄的外婆去世了,我回家奔丧。当哀乐奏响时,我又想起那个负气少年在月夜中奔走的场景,我在想,如果从今天回到那时,我一定会留下来,享受与家人其乐融融的团聚时光,哪怕放弃那一次独特的体验。此时正值白露,古人说,"露从今夜白,月是故乡明"。故乡明月还未满,故乡的美味却让我大快朵颐。连续几天吃辣,让我回到北京后,肠胃开始造反。我有些伤感,不是说食物是通往故乡最隐秘的通道吗?乡愁不就是寄托在我们的味蕾里吗?而我的肠胃已经在反叛,这是预示我与故乡渐行渐远吗?

离家来京前,我到祖辈坟前一一拜别,又一次来到老屋堂屋前,它已经修葺一新,挂着我撰写的对联,以屋名"铁塘"冠之:"铁铸九鼎,家风薪传千载;塘开一鉴,厚德沃润四方。"这片土地上,世事轮转,山河变异,甚至让人目不暇接。但我们依然有一些文化和情感纽带,把漂泊四方的游子联系起来。就像这轮明月,照耀着祖先也照耀着我们,照耀着远方也照耀着故乡。它留在心里的滋味,经得起长久反刍。我庆幸,自己终究是有故乡的人。

记忆缝隙的叙事

煤 油 灯

煤油灯在我们视野里消失很久了。一盏朴实、简陋、油渍斑斑的煤油灯停泊在我的少年岁月里,在我眼皮底下生活了多年。它的火苗曾肆意地舔过我的头发,我额上还留着被熏黑的印迹。它突然从身旁消匿,竟悄无声息,一根输电导线就轻易地把它与我们隔绝。

多少年来,一盏煤油灯点亮了每一个夜晚,慰藉着一颗颗让暗夜包裹的灵魂,男人、女人,老人、孩子,在它的恩赐中留下蠕动的身影,它还见证着那些不为人知的眷恋、亲昵、苦难与罪恶。我宁愿把煤油灯光看作一种富于生命感情的照明物。它有着篝火的野性、火把的执着,既不乏精致与温情,又没有电灯光的呆板与霸道。它还浑身上下透着远古的草莽气息和地层热量。它努力地稀释着酽酽夜色,吐出微淡如豆的光,冒着若有若无的轻烟,在四面涌来的风中摇曳,为面前的人勾勒出千姿百态的影像。在某一刻,焰球爆裂的"噼啪"声与失眠的瞳仁相撞,灯盏油汪汪的表面倒映出一张惊恐的面容。我有时也想,煤油顺着灯芯攀缘并最后燃烧成了一种旗帜般的象征,这昭示着关于生命、肉体和精神蜕变与涅槃的诸多过程。

煤油灯曾是乡下人的夜。它样子异常粗糙、简单,一个废弃的罐头盒、墨水瓶,稍作改造后摆到了土坯房中的显赫位置成了乡村之夜的守护者。它们外壳通常是玻璃或铁,上有一个握把或者铁丝绕成的提手。乡下每户人家都有几只姿态各异的灯盏,一到入夜,从旋开的盖口处灌上煤油,棉纱或草木纤维的灯芯润湿后,用火柴一点燃,淡黄火苗就跳跃起来,原本昏暗的房间越发扑朔迷离。庄户人家在微弱灯光下做着该做的一切:围着灶火吃夜饭,老人"讲古",男人把烟斗吸得"噗噗"响,女人做着永远也做不完的针线活,孩子认下第一个字……

我曾经对一盏煤油灯谙熟得如同我的每一寸肌肤。那是一个铁制灯盏,由于年代久远,已被摩挲得通体锃亮。它看起来与别的灯盏没有两样,只有我了解它的脾性和体重,熟记它一次次跳跃的节奏。它好比我的一个亲密兄弟,在它的深情注视下,我翻过了《水浒》,翻过了鲁迅,翻过了罗曼·罗兰……我甚至在一个深夜,用手护着它的光,到野外去听一种鸟的夜啼。在那纯净而充满幻想的日子里,它与我一样是夜的孩子,是乡村虔诚而纯洁的子民。多年后母亲清理一堆旧物时,它突然出现了,滚到我脚边,把我双眼深深灼伤。它已猥琐、肮脏得不成样子,拭去厚厚的尘土,我看到了我过去的累累掌纹,还感觉到残余的体温。那时,它在我手里沉重无比。

迟来的回复

朋友打电话来,咨询我关于他孩子高考的事,放下电话,突然想起一桩往事。

12年前的夏天,我在长沙的报馆谋食,世界杯正打得火热,我因为写作球评,在这个城市浪得薄名。在众多读者来信中,有一封是一位高三女生写来的,文辞优美而简练,她讲述了自己的苦闷和担忧,学习压力极大又对前途感到迷茫,紧张学习之余,她把看我写的球评作为慰藉,从中汲取力量。

信中抄录了我的很多句子,比如,"足球是一座迷宫,你不知道哪一条路是对的,你只能选择一条战斗下去,战斗到死。"比如,"弱者同样可以拥有骄傲,只要你有勇气和尊严。海明威笔下的圣地亚哥出海很远,成功了又失败了,他说,我可以被消灭,但无法被打败。其实我们记住这句话就够了。"她来信感谢我,并请我为她指点迷津。天!她一定把我想象成了一位饱经沧桑的长者,何曾想过那是一个二十出头愣头青的鸡血文字。

湘省高考之激烈一向惨绝人寰,以至于我现在还常常梦见自己在挥汗如雨做高考试题,她的心情我感同身受,但那时我因为酷爱的阿根廷队意外出局而意兴阑珊,正一心想多揾点钱(方言,意为挣钱)考研去梦中的北方,更主要的是,我自顾不暇,没法故作深沉扮作人生导师,与人谈人生谈理想,自然就把那封信搁置一边了。

高考年年依旧,世界杯又过去了三届,我经历了纷杂世事,内心蜕变亦如人饮水冷暖自知。那个当年的高三女生早已大学毕业,想必都为人妻为人母了。她是否还记得这样一封信呢?在人生某个时候,我们都会经历迷茫和无助,向外力求告是一种途径,而根本的力量则来自内心,"有何胜利可言,挺住意味着一切"。成长的过程必然如是,人生如此漫长,即便曾在深夜中哭泣,也终有一天会变成过往,就像那年阿根廷出局之痛当时刻骨铭心,如今已如水过无痕。

这不算是迟来的回复,你当年的困惑也许早已不复存在，我也依然学不会大谈人生哲理，我只是为自己的文字曾经激励过你而略感欣慰，就像 Beyond 的歌曲曾经激励过我。不管你在哪儿，祝你安好。希望还在为高考拼搏的孩子们，少一些煎熬，多一些信心，愿所有的努力和坚持都有回报，所有的耕种和灌溉都有收获，愿你们此去桥梁都坚固，道路都光明。总有一天你们会明白，这个世界并不美好，但仍然值得为之奋斗。

唯有师恩日月长

小学一年级时，我玩水弄湿了衣服，伍老师骑单车送我回家，我坐在他自行车前杠上，他说：你在村小成绩好，但还有乡里、区里，今后还要去县里、省里，外面的世界还很大。

三年级时我在外公手下就读，没少挨他用"老头乐"打手心，有一次我半夜醒来，蒙眬中听到他在和年轻老师说话，他说：我这个外孙，贪玩，不用功，但接受能力强。

小学六年级，我们双溪小学被日光小学合并了，我们感觉自己像是外人，很失落，韩老师便组织全班外出野炊，拉近大家的距离。寒冬腊月，他每天一大早到办公室生好煤炉，让我们课间有地方烤火暖身。

初中时我当选班长,有一天放学后我独自在教室填写班务日志,全老师来看我,他儿子跟着,一边看一边说:爸爸,他的字比你写得好呢。全老师一脸笑容说:青出于蓝而胜于蓝。

高中时,王老师认真批改我的每篇作文,带着我参加市里的比赛。马老师没收了我半夜在被窝里偷听的收音机(替我保管到高考后),罚我在操场上跑圈,他说:你以后会感谢我。我早上爱睡懒觉,廖老师特批我每天可以多睡半小时,然后每天准点来叫我,我现在想起来,觉得很羞愧。

上大学时,我一感到烦闷,就去敲孟老师的门,他不管手上有什么事都放下来,笑容可掬地和我聊天,每次都会亲手削一个苹果给我吃。我的习作在校刊上发表了,曾老师课间走过来坐在我身边说:我看了你的文章,写得很好。他冒着大雨,带着我转了几趟车,到长沙拜访"七月派"诗人彭燕郊老师,彭老师拿出珍贵藏书,写上勉励的话送给我。毕业时,刘老师请我吃饭,感谢我为学校所做的微薄工作,很久以后我才知道,在用人单位来选人时,他大加褒奖推荐了我。还有很多位老师,都给了我关怀、指导和帮助,你们对我取得的每一点微小成绩都给予鼓励,而且常常包容一个年轻人无法避免的鲁莽和偏激。

上研究生了，导师第一次见面就说，大学大学，就要大大地学。他的言传身教，让我们不敢懈怠。他每天忙得不可开交，但我们每一篇论文他都会认真修改，我写毕业论文时，导师一有合适资料就会想到我，哪怕在外地开会都会辗转交给我。导师给予我思维和学术上的训练，让我受益终生。还有其他众多老师，都曾给予我帮助和鼓励，永志难忘。

我一个做老师的朋友说："一个老师爱学生，更多的是指，爱他们的生命与性情，爱学生的思想与灵魂，激发他们的美好天性，引导他们走自己的路。"

我曾经设想，如果能以个人名义设置一个颁奖台，我愿意为成长路上遇到的每一个老师，以及所有像师长一样给予我关怀、鼓励和人生指导的人们，颁发我最诚挚的奖章。每个人从稚嫩到成熟，从顽劣到懂事，都承载着无数恩情，其中老师对学生的启迪和教育之恩，既是珍贵的情感，也是人类知识和文明的传承。

每当我们为当下教育环境而忧心时，我就会想起这些老师，他们是我对教师这个群体、对中国的知识界始终葆有信心的一个理由。

清花河畔读书郎

我从小是放牛郎,对牛有着不一样的感情。

先后放过三头牛,两大一小,都是性情温良、外形健美、干活不惜力的湘黄牛。多年放牛生涯,我对牛的脾性极为了解,在实践中摸索出了一套管用的放牛技术,包括往返时间、路线、不同季节草的分布,以及给自己找到适合休息的地方。最直观的结果就是,我家的牛吃得饱,长得好,身上干净,性格既随和,能和其他牛打成一片,又有修养,从不参与牛群的打架斗殴活动。那时如果有放牛技术比武,我应该能获得"岗位能手"或者专家称号。

放牛,是强度最小的农活,一般都是老人或孩子负责。耕牛是农家重要的生产资料,能承担照看牛的任务,也足以让人产生一份责任感。而我乐于放牛,还有很重要的一个原因,就是可以名正言顺地看"耍耍书"(大人对课外书的别称)。

当我带着牛在青山之间徜徉,或者悠游于清花河畔,沉浸在课外书中时，那几乎是最美好的时光。为了有好的看书环境，我从不去人多的大路旁，因为牛聚在一起，就不会好好吃草了。多年以后我听到张楚的歌《孤独的人是可耻的》，脑海里出现的画面是我在清花河畔孤独放牛的身影。

说起来，放牛也并非想象中那么容易，牛脾气倔，不好伺候，牛劲一上来，能把人气死。我们家的牛，估计被我认真读书的劲头所感染，还算听话，不怎么捣乱。现在回想起来，那真是一幅人牛和谐的温馨画面。

一头耕牛，往往是几家共养，所以放牛也是按月轮替。每当轮到我家负责放牛的那个月，我都会提前囤好几本课外书，制订计划在那个月内看完，大人对这些也不会干涉。书一般是四处借来的，也有走很远的路拿书和人换着看的，看过的有《水浒传》《古文观止》《中国通史》《隋唐英雄传》《五代史演义》《三侠五义》《射雕英雄传》《东方快车谋杀案》等，也有脱了皮的《鲁迅文集》《约翰·克里斯多夫》等，还有很多已经想不起来的书。这种平静生活中有期盼、有掌控感的感觉，很是美好。而且我从中得到了不少在小伙伴面前吹嘘的谈资，虚荣心也得到满足。想到古代书生身边都有个书童，心想这牛虽不会说话，但一直在身边默默地陪伴我看书，就把它当作自己的书童吧。

牛外表憨厚，其实心眼也不少。最突出的一点，就是老想吃点好的"打牙祭"。我们家的牛，最喜欢干的事，就是趁我不备，去偷吃人家的蔬菜庄稼，那大概是牛眼中的美味珍馐吧。有时我也会把牛绳系在树上或者用大石头压住，这样不管怎么看书，牛也走不远了。可这样终究不够"牛道主义"，大多数时候还是任由它到处走。有时我看书到精彩处入神，回过神一看牛不见了，不用说，一定是去附近菜地或禾田了。赶过去早还好，去得晚了，地里早已狼藉一片。牛正大快朵颐呢。我急火攻心之下，也难免用棍棒狠狠打它几下。回去后免不了要去主人家道歉，或者主人正好过来看到了，本来准备大声呵斥，一看我一手拿着书，一手牵着牛，也不忍责备。那时"读书无用论"还未流行，乡亲们对文化和"读书人"还有着天然的尊重，也让我跟着沾光。村支书肖伯伯家禾苗没少遭殃，可他还多次在父亲面前夸我："咯俫几（方言，意为这个孩子）又会看牛，又会看书，今后会有出息哩。"虽然我现在还谈不上什么"出息"，可一直记得他这番善意。

上初中后，放牛时间就少了。初中学校就在清花河畔，这条河发源于南岳七十二峰之一的凤凰峰（也叫岐山），汇入俗称草河的蒸水，再汇入湘江，流入长江，最后奔流入海。

再后来,耕牛退出了历史舞台,被"铁牛"替代了。现在大部分地方的孩子,不会知道放牛是怎么回事,只能从书本中去寻找了。

今年秋天,我在云南蒙自大山中徒步,久违地看到农人牵着一大群耕牛在放养,那牛的体形和样貌几乎与我儿时放过的无异,那一刻思绪一下又回到了很久以前,似乎也回到了清花河畔的老家,从窗口望出去,就是粼粼水波,那儿有我的一间书房,窗明几净,阳光充足。我盼望着在春秋佳日里,带着岁月和记忆回乡,在清花河畔,重温一次少年的读书梦呵。

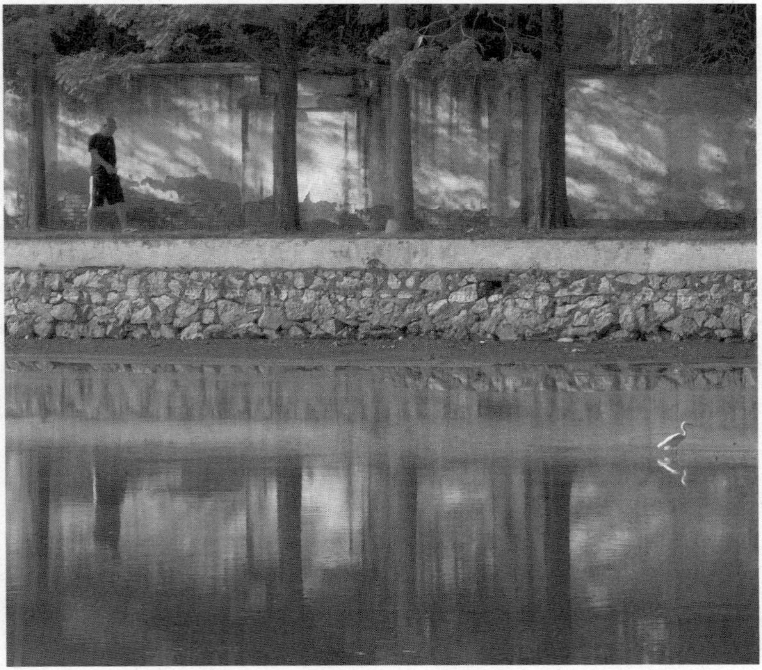

唐诗欠父亲一首诗

我爱唐诗，可讶异的是，近 5 万首唐诗中，竟找不出专门写给父亲的那一首。

唐人豪气干云，情感奔放，写边塞，写友情，写宫怨，也写母亲妻子儿女，唯独集体回避了父亲。或许他们可写的东西太多，无暇顾及吧。

放眼浩如烟海的古诗，情形也类似，示儿、诫子的诗不少，写父亲的却难找，《诗经·蓼莪》写"哀我父母，生我劬劳"，算是半首，此外视野所及，只有清人宋凌云的《忆父》：

吴树燕云断尺书，迢迢两地恨何如？
梦魂不惮长安远，几度乘风问起居。

古人说父严母慈，男主外，父亲可能基本上是缺席于孩子成长过程的，加上情感含蓄不擅表达，故有此尔。这种疏离到"五四"达到顶点,父亲成了被反叛传统的代表,以致文学作品中"满街走着坏爸爸",朱自清《背影》一改父亲的通常形象,所以才如此感人。

如果说母亲代表亲情关爱和家庭牵挂,父亲则象征着人生责任。有人说,父亲是最不堪的一个斗士,内心慌乱却外表从容,他不能让儿子看出他的不堪。

儿子画了一幅父亲节的画送给我,珍藏。

记得与"活着"

《寻梦环游记》塑造了一个绚丽多彩的亡灵世界,告诉我们死亡并不是阴森和恐怖的,而是另一种欢乐的"生"。

这想法并不新鲜,庄子的"击缶而歌"早就表达过同样的达天知命。但《寻梦环游记》更进一步的是,它重新解读了死亡:人的第一次死亡是肉体消逝,而遗忘才是终极的死亡。或者说,"活着"的更高层面,在于能否对他人产生影响,在他人心中留下记忆。

电影告诉我们,遗忘之神才是上帝,是生与死真正的判官。这带给人的感受是复杂的,一则是悲凉,亡灵们虽然也有自己的世界,但无法主宰自己的命运,它们的存在,维系于别人的记忆;二则是慰藉,死亡结束的是人的生命,而不是记忆与情感的联结。死亡不是空无所托之物,我们对死者的牵挂与惦念,不都是无用的,它们让亡灵在另外一个世界生活着。虽然无法确证此为必有,好在亦无人可确证此为必无。

我有时会想起去世的爷爷和外公，想起他们对我的疼爱和教诲。死亡让人绝望的是，它切断了所有信息和渠道。但在存在与虚无之间，我会有一些想法，总觉得这世界万事诸物，往往有他们的影子，他们会寄望于你的记忆与怀念，你也应该变成让他们满意的样子。谢谢皮克斯，让我知道世界上不是只有我一个人这么想。

漫 游

海是地球的第一个名字

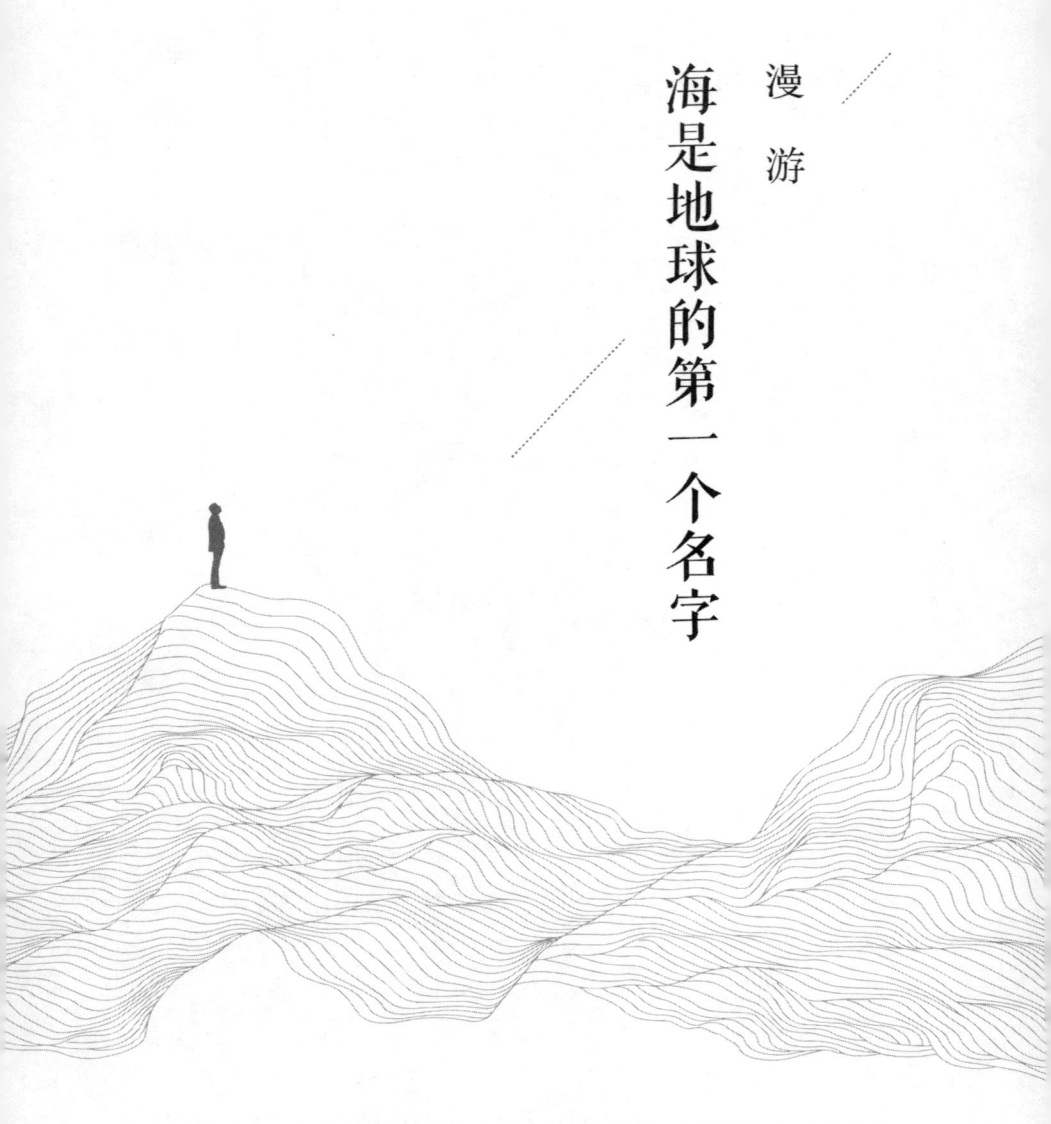

就个体与人类历史及文化的关系来说，觉得自己真是一个很大的"欠债户"。前人创造了浩瀚的知识海洋，让你毕生沐浴与享用，自己留在这个海洋中的，尚无一沙一沫。哺育你的何其多，而你回报的何其少，这常常让人引以为愧。

人事有代谢，往来成古今。不管怎样，无论如何，对于曾予人慧命者，都心怀感恩。

海，是地球的第一个名字

> 自由的人，你将永把大海爱恋！
> 海是你的镜子，你在波涛无尽、
> 奔涌无限之中静观你的灵魂……
> ——波德莱尔《人与海》

一

对于只知四时变异、草木盛衰的内陆居民而言，很难理解海对人的意义。

在我出生的南方丘陵，人们忙于农事，向土地讨要生活，被连绵的山峦和茂密的丛林挡住了视线，"海"在这儿是一个异常遥远和陌生的词汇。我对海洋的想象，最早来自"挑南盐"的故事，在老人们的讲述中，交通不便的年代，有一群人跋山涉水，用几个月时间挑一担海边的盐回来，为每家每户餐桌上增添味道。父亲去了一趟北海，带回关于海洋的只言片语,是我对于海洋少得可怜的感知。

世代根植于土地的人,对海洋并没有太多渴求。在我们的文化里,脚下的土地比不可测的海洋更值得信赖。挂在我们嘴边的一个词是"水土",最通俗地概括了中国人传统的自然意识。对乡土的依恋,构成了中国人的文化乡愁。

在一部分中国古人看来,"天涯海角"即到了陆地终点,也是人的足迹最远之处,汪洋大海则是难以企及之地。孔子发狠话说,"道不行,乘桴浮于海",可他终究还是没去。浪漫到手可摘星辰的李白,说起大海也觉得"烟涛微茫信难求"(《梦游天姥吟留别》),令他裹足不前。白居易"忽闻海上有仙山"(《长恨歌》),也只是听说而已,并未曾亲见。

明朝时期,政府实行海禁,下令"片板不得入海"。大洋隔断了不同大洲,人们无法互通信息,由此产生许多想象和误解。清代李汝珍写小说《镜花缘》,其中的海上游历故事在当时看来,和今天的玄幻小说差不多,而那时西方的坚船利炮都快要攻到国门了。

到清末魏源编撰《海国图志》,一些人开始"睁眼看世界",但更多人对远方世界缺乏兴趣。1876年郭嵩焘受命出任首任驻英公使,因为在日记中对西方的描述不合时人胃口，遭到无情口诛笔伐，被讽为"未能事人，焉能事鬼"。对很多人来说，远涉重洋，无论是地理上还是心理上，都不是那么容易。

二

与此同时，海洋意识在中国文化中悄然生发，不断拓展人们的精神世界。中国古人把能够成为经典的著述才唤作"经"，为数并不多，其中就有一部《山海经》，显示了上古世界中国人面对大海神游八荒的想象力。"精卫衔微木，将以填沧海。刑天舞干戚，猛志固常在"（陶渊明《读山海经》），可以说，从《山海经》开始，海洋就成为中国人与厄运抗争的象征。

先秦的庄周在文学史上以汪洋奇诡的想象力著称，后世无数诗人从他那儿获得过启迪。"北冥有鱼，其名为鲲。鲲之大，不知其几千里也"（《逍遥游》），出手就气吞万里，构成他想象基础的就是北冥，即北边的大海。庄子没说"北冥"多大，但那里一条鱼就"不知其几千里"，水面之阔还得了啊？

正是面对大海，戎马倥偬的曹操写下了壮阔无比的《观沧海》：

东临碣石,以观沧海。水何澹澹,山岛竦峙。树木丛生,百草丰茂。秋风萧瑟,洪波涌起。日月之行,若出其中;星汉灿烂,若出其里。幸甚至哉,歌以咏志。

胸中豪情倾泻笔端,化为气象万千的诗句,以至于一千多年以后,一代伟人毛泽东还发出了"魏武挥鞭,东临碣石有遗篇"的赞叹。

在汹涌的大海面前,贯有安土重迁传统的中国人,并没有望而却步。濒海而居的渔民靠海吃海,将足迹印刻在了浩渺烟波,一直到"千里长沙,万里石塘"。一些更有冒险精神的人,将中国物产经过大海运输到大洋彼岸,开拓了光耀千古的"海上丝绸之路"。

这一条海上商路,萌芽于商周,形成于秦汉,勃兴于隋唐,鼎盛于宋元。最早在班固的《汉书·地理志》中已有正式记载,经过数百年孕育发展,一度成为中国对外交往的主要通道,并形成了三条航线,最远之处西至欧洲及非洲东部,东到美洲。可以说,除了航行速度和运载物品有所不同外,古人所到之处与今天并没有什么太大区别。

在民间故事中,徐福、李俊等人都曾流寓海外,生息繁衍,这毋宁说是中国人亲近海洋、融入海洋的心理投射。流传至今的"郑和下西洋"故事,更是书写了世界航海史上的精彩一页。按照英国科学史学家李约瑟的论证,郑和船队是当时世界上最强大的海军船队,但郑和留下的是和平、友谊、互利贸易和相互尊重,而不同于后来的西方航海模式,留下的是血与火的征服与摧毁。

这是中国人探海涉海的现实与精神旅程,海洋精神从来没有在我们的民族血脉中缺失。

三

在地球另一面,从古希腊开始,人类就试图认识大海、驾驭大海。公元前 500 多年,阿尔凯奥斯在《海上风暴》中写道:

前浪过去了,后浪又涌上来,/我们必须拼命地挣扎。/快把船墙堵严,/驶进一个安全港。/我们千万不要张皇失措,/前面还有一场大的斗争在等着。/前次吃过的苦头不要忘,/这回咱们一定要把好汉当。

荷马笔下的奥德修斯凭着智慧和意志挣脱羁绊,冲破险阻,回到故乡,展现了人类在大海面前的某种自信。对大海的这种认知,一直伴随着人类走进现代文明。

然而,海洋并不友好。海的险恶、暴躁、神秘、变幻无常,对人类而言是巨大挑战。

在古希腊人的观念里,海是令人敬畏的,蕴含着极大的破坏力,神话中的海神就是个暴躁易怒、心胸狭小、爱报复的家伙。这种形象反映了古代海洋民族生之艰难,以及对海的怨怼。在《荷马史诗》中,那些迷惑人心、变人为猪、吃人的妖魔,实际上就是诡谲多变、凶险四伏的大海的形象化,它们使奥德修斯失去了所有战士,饱受磨难。

英勇的古希腊人并没有因此退却,在这辽阔海域围绕的地方所诞生的神话里,海被当作苦难人生的代名词:英雄赫拉克勒斯乘一叶扁舟渡过茫茫大海,去解放被缚的普罗米修斯;工匠代达罗斯带着儿子扬起羽翼,飞跃波涛汹涌的海洋前往幸福彼岸。那些依靠海洋生活的水手们,不得不为了生存终日乘着孤帆,漂泊在这充满了未卜的危险与艰辛的无边苦海中,无依无靠,时刻都感觉到人生的无助和对未来的迷茫,所以他们是一群痛苦的人、悲剧的人,不过他们并没有因此而悲观厌世或逃避命运,因为他们同时也是勇敢的人、坚强的人。

海洋交织着绝望和希望,这一形象在籍里柯所画的《梅杜萨之筏》中有淋漓尽致的展现。从画面上我们看到的是绝望与恐怖,在黑沉沉的大海上,木筏载着妇女儿童无目的地漂流,有人绝望地号哭挣扎,有人已经长眠不醒。木筏的小帆灌满了风,后方有一个大浪即将拍来,仿佛下一秒,所有人都将被浪花卷走。在这么危急的状态下,在画面右侧,仍有一群人拼命要垫高身体,挥舞着手中衣物,努力向远方求援,那一丝远处陆地传来的微弱曙光,带给他们无穷希望。

人类与海共舞,不管是主动征伐,或是被动流徙,总不断有人葬身大海。美国女诗人文森特·米莱为此写下《海葬》,"让骇人的巨鱼啮我的骸骨,/你们生人想起了得发抖,/让它们吞我趁我在新鲜时,/别等我死过了一年半载后"。——这可以看作是所有海葬者的墓志铭,但愿海豚能托起他们的灵魂。

四

在人与海洋不断的搏击较量中,海洋成了展开想象翅膀、显示人类意志力量的理想场所。柯勒律治《古舟子咏》中的海,仍是诗人以优美诗句营造的想象王国,诗人借此演绎了一个善恶有报的寓言故事:人在大自然中是如此渺小无助,唯有神佑才可使他逢凶化吉。

进入大航海时代,欧洲人开始远涉重洋,海盗和冒险家横行,海的形象一如既往,但人类接受挑战、顽强生存的自信与日俱增。笛福的《鲁滨孙漂流记》中,鲁滨孙有冒险家的胆略,更有实干家的生存技能,凭着坚韧意志和丰富知识,他在荒无人烟的孤岛上顽强地生活了28年,并建立起自己的家园。

风起云涌的19世纪,海洋作为一种审美形象进入文学和艺术领域,海洋精神得到空前绝后的张扬。英国诗人拜伦被称为"自由思想的化身",他在《海盗》中塑造了一位孤傲、勇敢、反抗专制暴政的英雄康拉德:

> 在暗蓝色的海上,海水在欢快地泼溅,
> 我们的心是自由的,我们的思想不受限……
> 我们过着粗犷的生涯,在风暴动荡里
> 从劳作到休息,什么样的日子都有乐趣。

在他的笔下,大海威严、有力、粗犷,那是"波浪滔天的地方",有着"剧烈的风暴"。这些,很大程度上是那个时代产生的"拜伦式英雄"的精神投射。

诗人们赋予大海一种浪漫主义人格。俄罗斯诗人普希金在《致大海》中,进一步塑造了大海的自由品格。这种审美态度在海洋童话中持续下来,远在北欧的丹麦作家安徒生以其童话《海的女儿》，丰富了大海神秘、奇妙、瑰丽、哀婉的美。

海的神奇与险恶、海上生活的惊险，也使海洋成为通俗文学作品的理想背景。在历险、寻宝、漂泊等故事中，主人公们充满勃发勇气和澎湃力量，展示了人类意志的坚忍和勇敢。

人类为了驾驭浩瀚无垠的大海，发明了渡船、海图、罗盘、航海定位、测算技术等，这些航海创造保证人能浮于海上前进。在达尔文主义驱使下，人们有了新的目标，渴望把大海的阻隔连通。野心家和勇敢者们，以意志和毅力作为罗盘，征服恶礁和风浪，一次次眺望，一次次穿越，在波诡云谲的大海航行，穿越重重迷雾，抵达大洋彼岸，找到理想中的领地和财富。

原本只懂得在陆地上生活的人类，经过在海上成百上千年的挣扎和拼搏，付出了无数生命代价，终于累积了足够的知识，从被动承受到主动索取，从被迫臣服走向大胆征服，人类似乎从来没有如此意气风发。

五

20世纪初，巴黎有一位从没有亲眼见过大海的绅士，在欣赏德彪西的交响音画《大海》时,仿佛真的看到了惊涛拍岸、浪花飞溅的景象,这给他留下了不可磨灭的印象。后来当他到海滨旅游时,见到了真正的大海,反而觉得有些不够劲了。待他旅游归来,得以再次欣赏德彪西的《大海》时,才找回当初的感觉。此时他不禁惊叹道:"哦!这才是大海啊!"

德彪西把大海融入自己的头脑当中,并用音乐演绎出来,大海的节奏、色彩、质感已与他融为一体。新的科学地理知识,已使人们知道地球表面主要由大洋组成,但当美国宇航员从太空拍摄到地球影像,犹如一个悬挂在广袤苍穹中孤独的蓝色水球时,人们还是因此而震撼。

海,是地球的第一个名字。人,与生俱来就在大海之中,这使人萌发了将自己视为海洋生物的新意识。

1895年4月,史洛坎驾着自己建造的船"浪花号"启程,环航世界一周。一个人,51岁,除了风帆,没有其他动力。3年后,他返航回到美国罗德岛,一共航行了四万六千多公里。

环球独行要经历许多危险,从印度洋进入太平洋时,强风一度将他的船吹回马六甲海峡,短短几百海里航程,史洛坎花了几个星期才走完。那片海域如此凶险,让他无论如何都不愿钓食鱼类或捕杀鸟类,他感到自己与这些生物有着共同对抗自然风浪、艰苦求生的相同情感。

史洛坎撰写的《孤帆独航绕地球》一书,语调平缓,从容不迫,一点都没有创造历史的冒险家那种傲慢与夸张。在海上,他和"浪花号"几乎成为一体,任何细微变化,他都能立刻凭直觉作出反应,他甚至可以手握着船舵睡觉,边睡边维持方向。

海上自有其热闹,自有其趣味,史洛坎真正懂得如何亲近海洋,活在海洋的怀抱里。他可以用船帆和风进行对话,可以和大型候鸟并肩齐航,所以在无聊单调的海上,他不寂寞,不孤单,他仿佛生来就在大海之中。

史洛坎的心情迥异于几百年前的哥伦布和麦哲伦,海洋不再是必须被跨越的障碍,也不是必须被征服的挑战,海洋是另一种存在的可能性,是包容、接纳人类的新环境,只要人类愿意去适应海洋。

六

我早已不记得第一次见到海时心情的激动。这些年,我看过很多海,不同颜色,不同形态,在渤海、黄海、南海、东海,在太平洋、印度洋、大西洋,有浑浊的,也有清亮的,有平静的,也有汹涌的,我在海边沙滩和浅水流连,或者乘坐渔船、轮渡、直升机抵达它们深处，也从万米高空俯瞰过大海，在黑夜与白天交界时感受过它异样的美。这种种体验，足以补偿我儿时关于海的缺失。

在所有关于海洋的故事中，我偏爱海明威的《老人与海》，老渔夫圣地亚哥出海很久，成功了又失败了，他说，人不是生来就被打败的，他可以被消灭，但无法被打败。我很早就喜欢引用这个故事，但越长大我才越明白，海明威并不只是在讲一个捕鱼的故事，他说的是人生该有的一种态度。

圣地亚哥要征服的并不只是海洋，更是要战胜自己的怯懦和灰心，一旦他做到这一点，便没有什么可以将他打败。对他而言，海洋已不是异己力量，而是他精神展开的场所，与海洋搏斗其实也是与自我对话，从中他认识了自我，塑造了自我，成就了自我。

圣地亚哥是所有人乃至人类整体的象征。在困难和厄运面前挺立不屈，是在彰显一种精神力量，这正体现了人的尊严和高贵。人的肉身终会磨灭，但精神可以长存于天壤之间。

就像我热爱的苏东坡，他被流放到了海南这个当时最偏远的地方，大海之中的孤绝之地，但他的精神并没有倒下，而是变得更加坚韧和伟岸，以至于今天我们还在传诵他那些动人故事。

而我听过更多的,是现实当中人与海相处的故事,捕捞的渔民,探宝的队伍,钻采油气的工人,守护海疆的军旅,还有独自航行的孤胆英雄……相比于他们,我们只是浮光掠影的游客。他们比我们更懂得海洋,他们领略过更多海洋的美。

临海而居、涉海而行的人,理应有海一样的气魄和胸怀,理应对海有不一样的认识。海洋,究竟意味着什么呢?它是世界的图像,是人生的譬喻,更是人类命运的折射。

若干年前,我在印度洋果阿的海边停留,蔚蓝的阿拉伯海碧波荡漾,椰林摇曳,海鸟低回。黄昏时分,我向大海深处游去,感受到从没有过的畅快。海浪冲刷涤荡着身体,人不停地随着海浪起伏,一个个巨浪迎头袭来,巨大的力量把你往岸上推。远处是一望无垠的海面,平静之下是暗波涌动。那平静抑或汹涌的海面,不正是人生的预示吗?

人生有各种各样的际遇,或困厄或顺遂不可预料,就像一片辽阔海洋,有五彩缤纷的美景,也有凶猛的鲨鱼,有坚硬而冰冷的礁石,偶尔平静,却不知道什么时候会出现暴风雨。但人生的无限可能性正蕴藏在此。往后,固然有一片沙滩,可以安享一片平静,但选择了平静便失去了浸润在海水中,与海水搏击、随海水起伏的乐趣,只能做一名用歆羡目光看着别人的看客。

海的意义是多重的。对于个人,它是内心的向往,精神的体验,是人与海激情的交互。对于一个民族而言,任何时候都不应容许海洋意识的缺席。作为一个内陆型国家,中华民族历史上饱受海洋权益弱小的灾难,近代中国更是饱受有海无防的巨大痛楚。今天的中国,仍有大片海洋国土遭他人垂涎。今天的中国,比历史上任何时代更加离不开海洋。中国近代的耻辱始自海上,中华民族伟大复兴也必定离不开海洋。

而对于这个世界而言,21世纪"海上丝绸之路"带着历史光影,带着对未来世界繁荣与和平的企望憧憬,将连接起被大洋阻隔的诸国,共奏一曲激荡悦耳的海洋乐章。

大海,以它澎湃的激情,无休止地在吸引着人们。

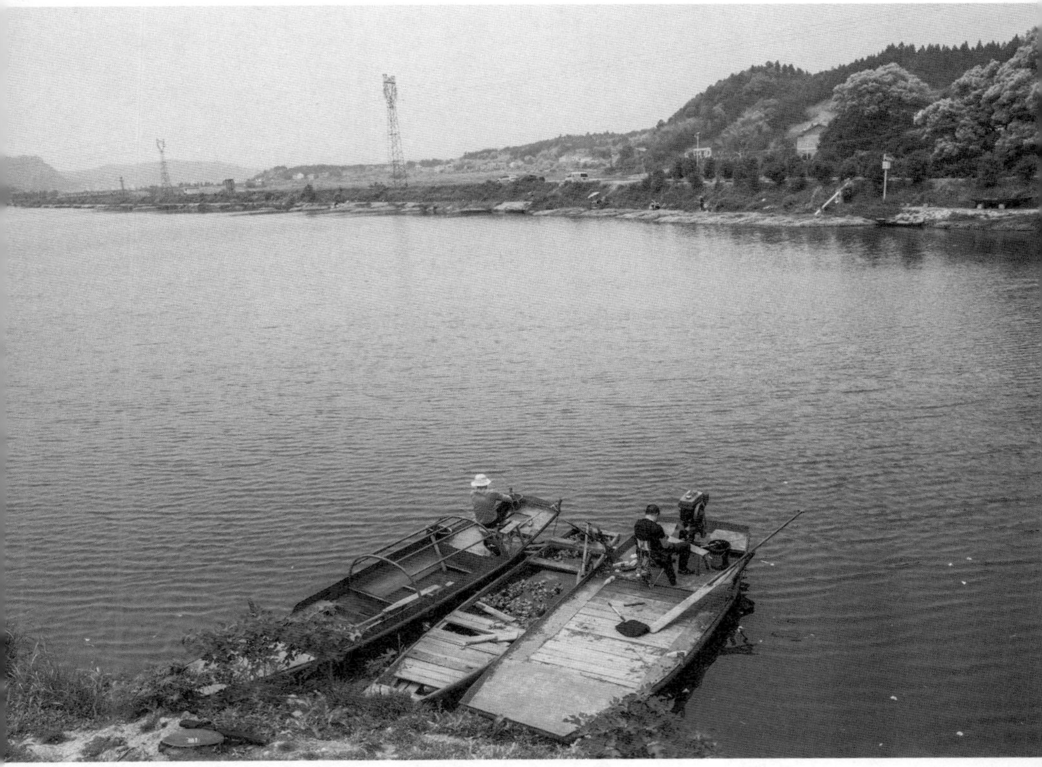

2008年的马蹄

丁一:

见信如晤!

从纯粹的时间意义上说,年末与平时并无二致。但人类自己制定的时间单位,在这样的时刻,总有意无意地唤醒我们的时间意识和生命意识。就好像处于斗形沙漏的颈口,我们格外分明地感到一年中最后几颗沙砾正无声滑落。

古代圣哲曾临流叹息:逝者如斯夫。今夜,我仿佛又一次跋涉在那道古老河岸。其实,此时我正坐在家里,透过窗外城市暧昧的黑夜,望着远处隐没了轮廓的绰绰楼影,许多关于我们的往事从无边岁月纷至沓来。

想起在大学的第二个冬天,我们突然疯狂爱上了哲学,我们不像很多人抱着一本弗洛伊德以充好学状,而是从苏格拉底一直往下读。读完《理想国》那天晚上,走在那个被我们称为"早稻田"的校园里,深冬的寒冷涤荡着兴奋，我们一路高唱着崔健的《假行僧》。时隔多年，不知你是否还记得我们都曾经那么纯粹地疯狂过。

想起许多年前另一个冬夜，我们沿着湘江堤岸踏雪漫步，水天空蒙，唯江心一盏航标灯闪烁。我们谈到东山魁夷画作中那匹白马，谈到柴可夫斯基交响曲《冬日之梦》的美妙标题，提到屠格涅夫的《春潮》时，一句话竟脱口而出：把青春的旗帜插上城堡的废墟。其实这并不是什么了不起的名言，记得它也许仅仅出于对青春这个字眼的敏感。而现在，谈到青春，我却感觉那是离身体很疏远的东西了。

世事流转，年年岁岁的事接踵而至，熙熙攘攘。突然之间，我们就迈进30岁的门槛。在少不更事时觉得多么遥远的年龄！由于惶恐它的到来，我在年初煞有介事地写下警句："挤干一切水分，坚硬生存。"30岁了，已经感到个人的渺小，也不再相信奇迹，应该更沉潜一些，更平和一些，还要像一切励志书上说的那样，为自己定一个人生规划。但我依然愿意秉承我们共同的认识，人生的变化永远比我们想象的要大。个人如此，国家亦然。

在国家宏大叙事中，今年是改革开放而立之年。前不久一家报纸约我写"改革开放30年·我与国家"寄语，在回答"国家为我做了什么"时，我写的是："国家给了我自主选择和把握命运的机会，得以从偏僻山村到繁华首都安身立命。"你一定觉得这话刻板而教条,但我想,用最平实的语言表达最真实的感情,那应该是诗吧!

如你所知,这一年所发生或大或小的事情有很多,一一说来要费不少笔墨。就说说5·12地震吧。在那一次天崩地裂的震动之后,我们都经历了长时间沉默。现在,回想起那些倾塌砖瓦下破碎镜框中的照片,那些划破了的孩子的书包和散落的课本,那些被痛苦扭曲的身躯和落满尘土的面庞……我依然无法不陷入悲伤和痛惋。

不要说死者和我们有什么不同,在巨大灾难面前,每个人的卑微与渺小,都清晰地写在了惶恐不安的脸上。我们应该感谢这些亡灵,他们给了生者一次自我救赎的机会。无论是在现场还是在后方,无数人自我发现和发现自我的力量,让我一次一次心灵震颤。那时候,我希望时间快点过去,有时候我又害怕时间过去之后,我们和我们的日子很快又归于庸常。

我多么希望,这一次对生命的关怀,对每一个人的尊重,能够持久下去成为常态;我多么希望,从今往后,我们和每一个人相处,我们做每一件事情,我们建每一栋房子,我们面对每一种有损于人的尊严的强力,都能够勇敢地捍卫人的价值。

我还想说,活着绝不是一次偶然。活着是这个世上最生动的景象,也是这个世界对于每个人而言全部的价值和意义。所以,不要苟且着活,要有尊严和体面地活着,要自由地表达心灵,要平等地与人相处,要心怀着爱和悲悯,用这些高贵价值照亮我们前行的道路。

我大概很久没有这样直露地抒发感情了,我们很早以前就学会了在"零度情感"下操纵冷峻的文风,这一次就算破例吧。

我的生活依然那样,看看书,听音乐,看看电影,骑车上下班,偶尔自己下厨,开始早睡早起,有时间就去旅行。平凡人的生活大抵如此。我依然不太合群,更喜欢独处,做自己喜欢做的事,这是我吸收和积蓄能量的方式,热闹都是别人的。你一定想要我谈谈工作中的感受,工作依然忙碌而紧张,我不想描述太多细节,就谈一谈在纷繁事务中的一些感触吧。

作为职场中一名普通员工,我每天都会问自己:我能做什么,我该做什么,对这个世界来说我是不可缺少的吗?在过去很多年里,我们学到做到最多的就是建立自尊,享受学习和奋斗的乐趣,成为一个有价值的人。我想,对工作的热忱绝不仅仅取决于从事哪一行,薪水是多少,更重要的是灵魂深处自珍自重的感觉,能了解并欣赏自己的价值,找准自己的位置,建立自我的尊严,做好工作的同时，内心洋溢着自我实现与满足的快乐。

并非人人生来就具有自由意志，我们很容易受到世俗标准影响，或漫无目标地沉浮，所以需要主宰并充分把握自己的意志，否则就是在浪费生命。人都是有惰性的，有了价值取向并不代表有行动方向，因此仅有抽象信条是不够的，关键是恒心、毅力和自我控制，一次又一次地在事上磨。人的能力就像肌肉，需要多加锻炼才能强韧。倾尽全力并不会令人耗竭殆尽，反而会让人充满自信，心安理得。

于是，我每天都希望有理由为工作感到欣喜，希望自己因为方向明确而充实圆满，希望工作热忱日益坚固，引领我坦然度过每一个顺遂或困厄的日子。天气晴好的时候，我甚至可以站在办公室窗前凝望天边落日的余晖，以及即将隐去的苍莽群山。往往在这个时候，会有一群白鸽闯入我平缓的视线，在镀金的鸽影下，我呼吸着城市的安详和徐徐的风，我似乎看见某种诗歌形体在缓缓而降。没有人张望，没有人吃惊，世界在一种形而上的静止中悄悄运转着，如同我记忆中的那条河流，总是无声地流淌。我曾渴望揭示那条河流古老的秘密，我一头扎了下去，让河水漫过头顶，浸入每一个毛孔。这是一年尾声，我获得了预定的满足。

世事如烟，人生参商，张张日历正如远去的轻帆匆匆一闪,便消失于时光的浩渺烟波了。当我们在这样特定的时间界碑旁清理自己的人生蓄积时,总有许多美好而单纯的时刻,正穿过时光之河向我们走来。并不是每个时刻都能同样美好,并不是每一种美好都能天长地久。那么,拥有的时候我们珍惜,失去的时候也会受惠于曾经的滋养。

眼下,经济寒冬来了,许多人感到恐慌和焦虑,许多人在寻找树洞倾诉自己的心事。我记得你曾经写过一篇《1997年的马蹄》,那时刚上大学的你承受着家庭厚望,感觉自己像一匹负重的马儿,向茫不可测的未来扬起马蹄。请允许我借用这个标题,不管时光和境遇如何改变,我们依然要像马儿一样向前奔跑,但要记得卸下身上的重负,让马蹄更轻快些,更持久些。未来在哪儿我们都不知道,但路一定在脚下,我们都那么坚定地相信着,犹如相信我们自己、我们国家和这个世界的前途。

还记得你年轻时的豪言吗?"书生报国无长物,唯有手中笔如刀。"我知道,你在完成那些应命文字之外,依然渴望成为马尔克斯或卡尔维诺那样的人,记录下这个民族的欢欣和悲怆,刻画自己内心的战栗与渴望。在这样世事纷杂之际,你应该观察、体悟和记录,红尘冷眼,直笔柔肠,留下一点什么。你写的苏曼殊,还有未竟的《漩流之夜》是那样才华横溢,你应该再次直面内心召唤。蚕在吐丝的时候，没有想到自己会吐出一条丝绸之路。要相信，伟大是熬出来的。

我知道你会的。还记得吗？千禧年元旦前一天，我们结伴前往隐山，本想在湖湘文化起源地发思古之幽情。在盘屈山下、碧泉潭畔，我们遇见了那位姓谭的七旬老人，他从几十里外的城市匆匆赶回，为身患重症住院的儿子艰难筹款。面对我们来访，他强作欢颜以礼相待，被察觉出异样、反复询问下才将实情相告。我们悄悄留下身上不多的钱，不辞而别。你知道吗？在回去路上，你沉默的表情和凝重的面容深深打动了我。

多少年来，那位老人一直在我心里某个角落隐隐作痛，他皱纹密布的脸庞看上去多么无奈，又多么坚毅。在这样的年终岁末，我提醒自己再一次想起他。想起他，就是想起这块古老的土地有多少忧伤和沉重，有多少善良与坚忍。

是谁说的来着，"我们不会永远年轻，不会永远热泪盈眶，但依然对一个更美好的世界怀有乡愁。"

言不如酒，信不如口，就此搁笔。天寒，珍重！

你的朋友　且解金龟
2008 年岁末

在城市的屋顶怀想一块土地

首都的推土机和塔吊举着钢铁手臂,这一年,我所居住的这个小区一角,突然之间消失了,取代它的是一排钢铁和水泥的建筑,它们直指天空。我知道,住在那上面的人,他们保持一只鹰一样的高度,也有着一只鹰一样的孤独。阳光他们承受得最多,氧气他们呼吸得最少。

这个显得陈旧但让人舒服的地方,我更愿意称之为庭院。而我在这儿只是一个过客,每年与房东签订一次租房合同,每月向他交纳不菲的房租。在这个有着裸露泥土和野生花草的地方,我似乎找到了一种久违的故乡的感觉,我在这里看书、打球、沐浴阳光、与人闲聊。在白天,我能听见太阳在这里移动脚步的声音,在晚上,我能够听到花开花落的声音和月光打在树枝上的声音。我亲眼看见一位年方青春的少女沉湎于草色中的醉态,那是我们这些惯于依靠酒精才能忘我的人所不能比拟的。

这样慵懒、带点自由气息的庭院是这个城市所不愿保留的，它的静被一种喧闹和突兀所打破。号称为人类打造家园的行业，不愿放过城市中任何一块古朴尚存的地角。那个酷爱登山的房产大亨斥资新建的高楼，在我的身边投下长影，装修机器碰撞墙壁的声音，在我耳边久久地回荡。而那些爬在墙上的藤蔓和从来无动于衷的盆景，都似乎在紧张地伸展它们并不茂盛的叶子。我在心里将这些趾高气扬的高楼定位成侵犯者角色，然而当我以购房者的名义走进去时，它的理直气壮和我的底气不足形成了鲜明对比，那一刻，那些长久以来关于审美和生活的信念，在城市的商业逻辑前空洞无依，无处着力。

有时我也走出我的庭院，到不远的超市去购买大蒜、茄子、白菜，这些堂而皇之以食用名义进入城市的植物，与我庭院中随性而发、随意而灭的花花草草有着本质不同。这些在城市中越来越逼仄、为我所喜欢的庭院与高楼大厦的区别，也正如我庭院中的植物与白菜的区别。当那个闻草识香的少女走在大街上，她与这个城市中那些以实用为主题的女人的区别，也与此相似——她透明如玻璃，纯净如泉水，升腾如气体——这样的女孩，我们喜欢她撒野。

我所看到的更多情景是，人们奋不顾身地投入"现代化"中，成为无限细化、高速运转的商业链上一个无休止的齿轮,告别自然,远离新鲜空气和水,失去个性,成为平面人。于是,生活成了一次次从一座房子里走出来,又走进另一座房子的过程。寻找一个房子把自己囚禁起来,这似乎是人类无法回避的宿命(请原谅我使用这个词)。一所房子,常常是人锲而不舍的累积与凝聚,住进房子后,蜷伏在心灵深处的惰性与短视开始涌出,无意中人就做了房子的囚徒。房子的荒诞就在于,它以保护人的名义囚禁人,而人也习惯了狱中生存。努力做一个模范囚徒,这就是生活的意义。

人们喜欢把我们所居的时代叫作转型期,型是"刑之于土",它难道不是意味着每个人应该拥有自己的一片土地吗?这片土地既是地理的,更是心灵的。就如此刻,当月光无声地滑过这个城市,一个为新居而寻觅奔忙的人,依然热爱着这方庭院,怀念着闻草识香的女孩。

"求田问舍,怕应羞见,刘郎才气。"曾经,很喜欢稼轩这阕词,只是,那时并不明白。现在,才知道,无论多么自由舒展的灵魂,最终都要被困在一个个或大或小的水泥格子里,换取那一点点其实微不足道的现世安稳,便觉得,生活真是一件不由自主的事。

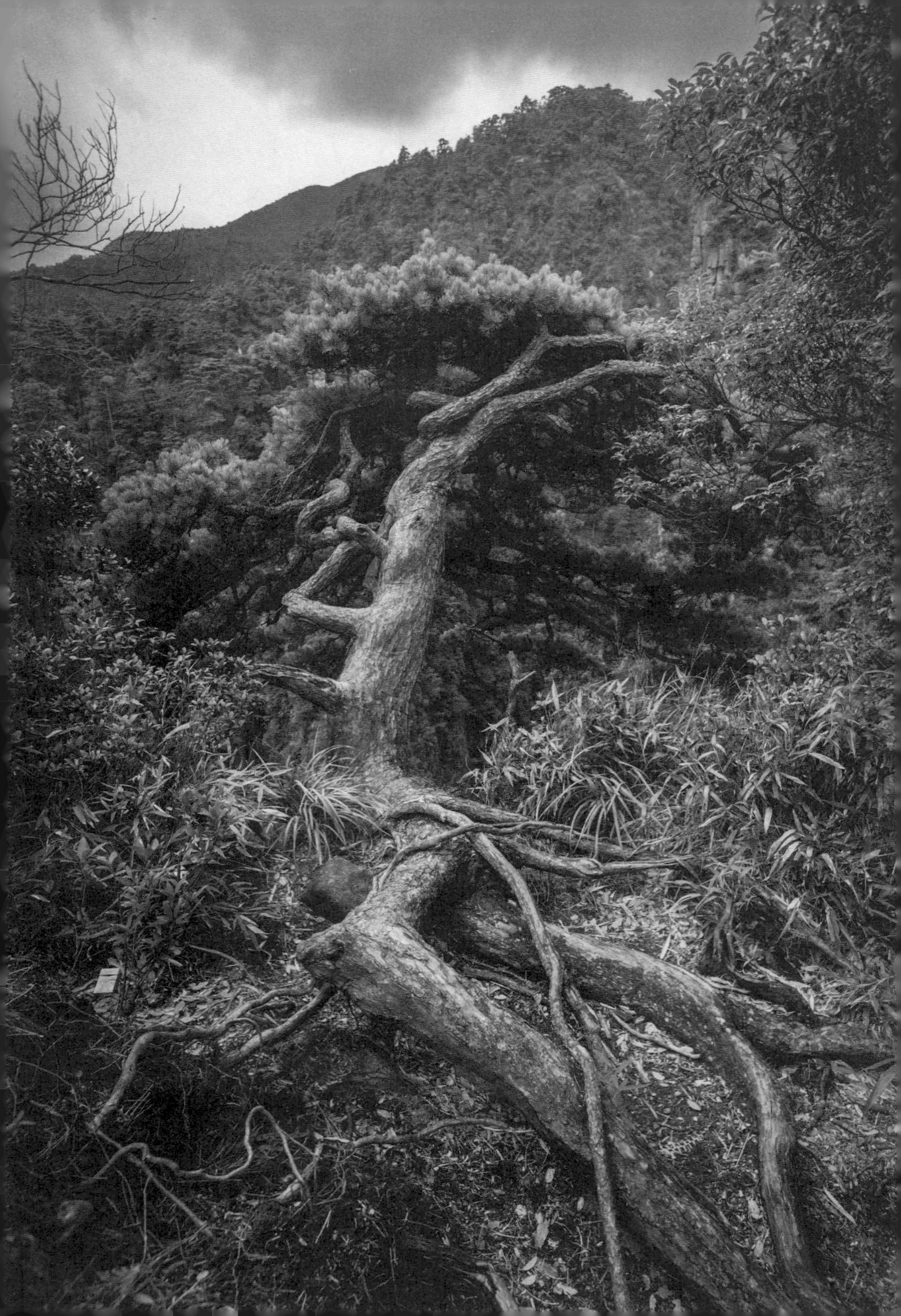

地下通道的吹笛人

几年前的一段时间,总是见到一个中年人在北京朝阳门地下通道吹笛。

只记得那是深秋或者晚春一天早晨,在走入这座地下通道时,突然听到一阵悠扬的笛声,仿佛从遥远天边蓦然飘来一般,那么悦耳动听,有一种说不上来的如泣如诉。循声望去,在地下通道尽头处,有一个人坐在一个小木凳上,正在幽幽吹奏着一支竹笛。声音就是从那里传来的。

在那之前,我好像很久没听到过笛声了。小时候,父亲是常吹的。初中时,一位文雅的老师,从城里到乡村中学任教,带着一管竹笛,会于黄昏时候在宿舍过道里吹。大学时,中宵夜色中,偶有笛声响起,装点不眠人的夜。

确切地说,一些演奏会上也有笛声,甚至五花八门的电视选秀节目上,也有人吹笛,但它们没有进入我的记忆。太热闹的笛声,总是让人感觉并不真切。笛声,应该是孤独的、清亮的,与这城市的喧嚣与嘈杂有点疏离。

地下通道人不多,除了几个摆地摊的小贩,就是三三两两匆匆的行人。没有人停下脚步,没有人去理会这个吹笛的人,只有他自顾自悠然地吹着。

这个吹笛人五十来岁的样子,一身式样普通的深色夹克,有些陈旧,但整洁利落,略显灰白的头发,坐得笔直。他身边只停放着一辆破旧的自行车,面前一本简陋的曲谱,暗色的竹笛,如此而已。

他的气质也与众不同,一点也不像以此为业的人,从神情中似乎可以感受到他的淡定,甚至有一点漠然,好像并不是为了招徕观众,多博得一些施舍。要不是有人经过时弯腰放下纸钞或硬币,会让人疑心这只是他在自娱自乐。

他吹奏的不是当下的热门歌曲,反而是一些久远年代的歌谣和乐曲,流畅、舒缓,并不激昂、高亢。对于放了钱的人,他并不看一眼,也不道一声感谢,还是自顾自吹着,笛声如水一样流过。

他的神态,让我脑中闪过美国诗人勃莱的诗句:"贫穷而能听着风声也是好的。"对他而言,贫穷但能听着自己的笛声,也是好的吧。

每次经过,我都会认真地听,在曾经听过的笛曲中,他的吹奏谈不上多好,但听得出其中的用心,这就够了。我偶尔会放下一点钱,然后驻足听半分钟,我有点可笑地对自己说,这样就不像施舍了,而是感谢。感谢这笛声把我浮躁的心情沉淀下来,感受到那种来自久远回忆的亲切。待的时间长了也不好,惊扰了人家。

听笛声幽幽响着,心情谈不上是怅然,还是感伤,但多数时候是欣慰的。走开时,我轻轻绕着人影,放轻脚步,唯恐踩碎一地笛声。

我有时也难免心中好奇,不知道他是哪儿人,做什么的呢?猜想他是一个下岗工人,还是一个失地农民?他带着一种书卷气,莫非是一个小学老师?他是否一直有一个残存的音乐梦,之所以到这里来,只是需要一个假想的舞台,就像置身在众人中间,举办个人独奏演出。

又或许,他人到中年,被命运捉弄,生活拮据,无他技傍身,唯有一柄长笛。那么来这儿之前,他一定对自己说了,可以用这笛来讨生活,却不能折辱了这笛——笛是乐器之君子,有它的尊严。

他一首接一首地吹着,偶有间歇,也是平静地坐着,喝喝水,翻翻曲谱,并不左顾右盼,很快又吹起来。我有时突生上前攀谈两句的冲动,最终还是压下了,别打断这笛声吧。

每天能听到笛声,便成为心中隐秘的约定。偶尔一两天不见他，但很快又会回来。

不知从什么时候起，他就再也没来了。此后很久没看到他，经过那儿，不再远远就听到笛声，走近了，也不再见他的身影。一个月、两个月，一年、两年过去了，还不见他的身影。至今，他演奏的位置仍是空空的。

他去了哪里呢？或许是回到了家乡。人总是要回家的，外出漂泊只是人生插曲。又或许辗转到了别的地方，他不像我们职业固定，每天经过规定路线，出现在固定地方，他只是兴之所至来到这里，又兴之所至，去了别的地方。

难免心中有一种淡淡的失落，但还谈不上黯然，每天需要我们留意的事情太多，一个吹笛人，终究只是一闪而过的人影，连过客都谈不上。他只是一个看似熟悉的陌生人。

我很不情愿地转念再想想，也可能是我太多事了。在这样一座众声喧嚣人面凝霜的城市，对一个萍水相逢者的一丝牵念，显得有点多余和奢侈。

在我心里，还是有一点期盼，希望他携着笛，在一个我无从得知的地方，继续安详地吹奏着。那笛声，固然我是听不到的，但一定能沁入别人的耳。

想一想，这世上你来我往穿行的人，多像那地下通道的吹笛人，兀自奏响各自的乐曲——炫目世界在头顶闪烁，苦乐兼备的音符藏在胸中。为自己安静地独奏，不论是怡然，还是落寞。偶然驻足的路人，愿意倾听一番，其中所隐含的悲悯，正是人世间堪以慰藉的微温。

那曾经的吹笛人，如今去了哪里呢？

阳光泄露的秘密

立秋过后,天气明显凉爽许多。今年北京夏日号称史上最热,也一点儿不能扰乱大自然的节律。相比人类来说,老天爷还是讲信用得多。

一直灼热的阳光,这时节也会变得柔和起来。一日午后,一年入秋,与人到中年的心境颇为相似。青春烈火逐渐冷却,还在燃烧的余焰连烟都不会冒,外人是看不出来的,更无法探知它的温度。能看到的是,一个人话越来越少,越来越淡定,任什么也带不来波澜,不感兴趣的人和事,连侧耳转眼的工夫都不想费,什么事、什么话,都可以像蛛丝一样抹去。就像一口深井,波纹不兴,温和凉爽,无心取悦于人。当然懂得的人也自然会懂得,在它底下,有多少事物正在发酵和沉淀。

我们南方的夏天,阳光充足,毒太阳从早晒到晚,大地被烤得火热。可孩童天生是不怕热的,整个暑假都在田野和山间扑腾,肤色一天黑似一天。小伙伴们甚至会在最热的正午,光脚走在滚烫的石板和卵石上,比看谁的脚板硬,烫得龇牙咧嘴却乐此不疲。满头大汗了,打一开水瓶冰凉的井水,加一些白糖,摇一摇,咕咚咕咚喝几大杯,那堪比琼浆玉液。要是弄到一个西瓜,垂到井里泡一会儿再拉出来,那滋味就更别提了。儿时的我们哪里会懂得,阳光的热是一种能量,井水的冷何尝不是能量的另一种储存形式呢。

我一直记得一个场景,一束光柱透过屋顶明瓦照射下来,在地上形成投影,在略显昏暗的房间里,它的边沿和踪迹清晰可见。光柱会随着时间移动,而在它里面,能清楚看到无数微尘在上下浮动,它们大小形状不一,在光的舞台中,欢快跳动着舞蹈,有的甚至在光的作用下形成淡淡晕彩。哦!多么神奇的阳光,它让那些微尘无处藏形。哦!它又多么无力,甚至不能让这些微尘足迹有丝毫改变。

这样的场景,在生活中是随处可见的。我甚至觉得,智慧的古人就是看到它,才想出"和光同尘"这样的词语吧。那些看似清澈的所在,一旦有了阳光,就能照射出太多内容,更何况,还有肉眼不可见的$PM_{2.5}$之类物质。一个多有热血、疾恶如仇的年轻人,大概是要谴责藏污纳垢等等,可他何曾想到过,这世间每一个方寸、每一处空间,都是如此,区别只在于,微尘的数量和毒害性,以及是否被光所照射。

即便眼睛如此明亮,如果用光线照射一下,谁的眼里没有沙子呢?时间久了,我们都糊涂了,自己到底是光,是旁边看的人,还是微尘本身。

两年前我到新的单位上班,感谢我的同事,给我准备了一间朝阳的办公室。两扇窗户,望出去是鳞次栉比的楼房,耸立的大厦,一个现代化的大商场,马路和天桥。一天当中有几个时段,街上行人很多,车水马龙,像涨潮和退潮一样来来回回。阳光充沛的时候,上午和下午,阳光分别从两扇窗以不同角度照射过来,盖在身上、铺在地上,一大片光。北京空气越来越好了,加上光的面积大,你似乎看不到有多少微尘,或者是我们的眼神已失去了往常的锐利。

有时候,我也会站在窗前,看阳光透过云层,铺洒在城市上方,光线的脚步在楼间移动,给街区平添了层次感。我偶然望着远方出神,乃至像哲人一样沉思,不敢说胸怀天下,胸怀比天下小一点的空间还是有的,想想也感到好笑,冒充什么人物,在这纷乱嘈杂的世上,能安顿好自己的身心,已经是了不起的事情,再想多了都是自找的。

这几年疫情,好多地方都去不了,无法重温故乡夏日的灼热，也无从感受他乡不同的温度。去得多的是表里山河，黄河两岸，在山峁沟梁之间，直射的阳光格外炙热，我的同事们在这里劳作，强烈的紫外线把他们的皮肤晒黑，汗水浇灌在少雨的土地上，在植被渐多的黄土高原，他们也长成了一株株骄傲的植物。

再一次感谢我的同事，他们在我办公室一角，摆放了一盆文竹。一开始小小的不起眼，慢慢越长越生动，越来越舒展，我工作久了，抬头看看它，便觉得心情舒畅，眼里也充满了绿意。而且，你能感觉到它们朝着阳光的方向在生长。真的！在阳光吹拂下，似乎看到它细细的叶片在轻轻荡漾，从根系里、从经脉间，生发出力量，趋向光的方向在生长。我想起小时候父亲常写的一副春联：近水楼台先得月，向阳花木易为春。其实何止是易为春呢，只要有阳光，一年四季都是它们的佳节。

前段时间我外出了三个月，回来时，看到这盆文竹又长高了许多，尤其是朝着阳光的一面，新长出长长的枝条，吐出新绿，像向远方伸展的手臂，而看起来又如此自然而然。我不禁感叹光合作用的伟大，它让植物吸收阳光，吞吐空气，升腾微尘，积蓄生长能量。我更惊叹于植物的内在力量，它每天默默地生长，直到突然之间看到它发生如此大的变化。

略微不幸的是,那几枝长长的枝条,没多久就被花匠剪掉了。怪不得他们,专业莳花弄草的人,哪有这样的闲心逸致和无端想象呢,他们要的是紧凑和整饬。毋宁说,花匠的审美眼光是世界不公平法则的体现,趋光的事物,有时会被修理,让它们在环境中不显得突兀。文竹是无法抵抗也说不出来的,可我分明看到,它扎根在土中,曼妙轻盈,叶片仍然在轻轻荡漾,所有褶皱都在舒展,向着阳光。相比暗角趴地而长的苔藓,能长成这样的植物,真好。

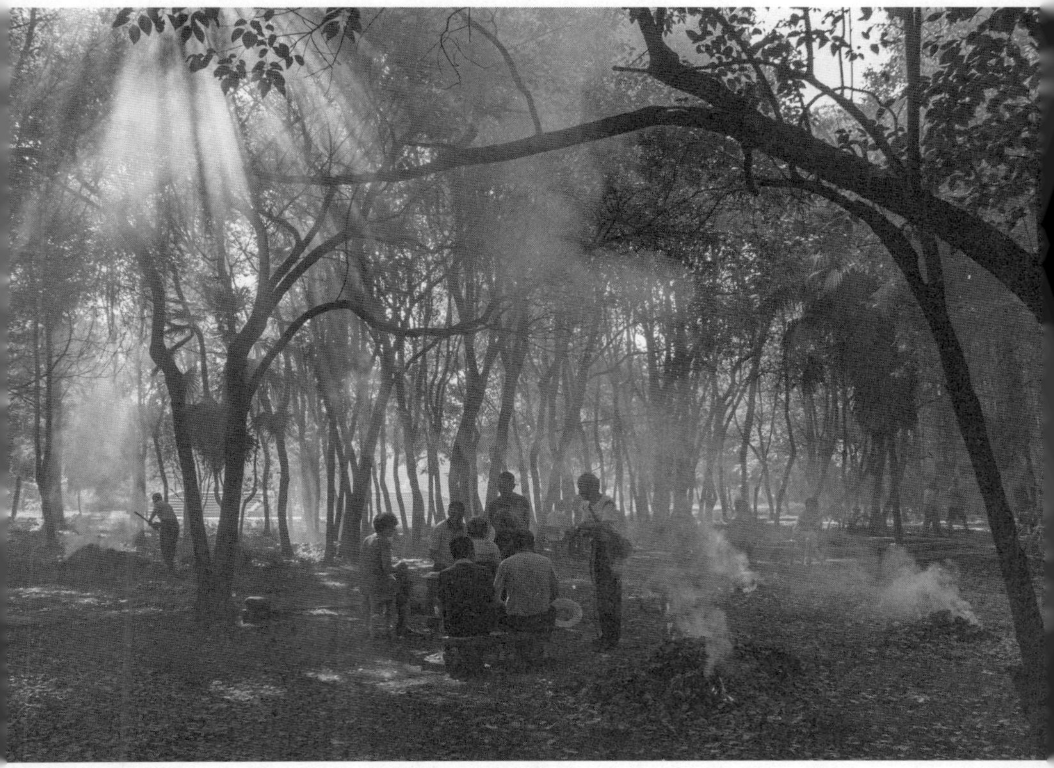

感　触

　　我最近喜欢读罗伯特·勃莱,时常翻翻他的诗选。勃莱在明尼苏达的小镇上骑马,漫游,林中散步,用隐居生活中的敏锐感受,把美国中西部自然景观带入诗歌中。他有一句诗很有名,"贫穷而能听着风声也是好的。"读了之后,你会明白人家是真的超脱达观。洗去了虚妄和浮华,生命自会显出从容和本真。勃莱还有两句诗,写的是鸟鸣:"潜鸟的鸣叫升起来。那是拥有很少东西的人的呼喊。"风声,鸟鸣,都是大自然好听的音乐,当是澄净而空灵的,与明尼苏达的橡树、枞树、蕨和薄荷味的草一样,是勃莱与大自然的默契交流。

　　我想,大概自己正在变得更加柔和,所以才会欣赏勃莱。人常说,生命是不可逆料的旅途,确实是这么回事儿。多年以前,可没想到勃莱会像如今这样吸引我,那时我更热爱歌德、毕加索、贝多芬这类人物,他们的光芒更夺目。相比之下,勃莱就像午后阳光,温暖和煦中泛着荫凉。

如果感受过阳光直射的灼热,应该会觉得午后荫凉很让人受用。闲暇时候,我愿意在茶香与阳光混合的气息中,听一些舒缓流畅的音乐,随手翻翻自己想看的书,或者与三五好友,漫无边际地交谈,整个下午就这样过去了。往往在这种时候,有一种不可名状的愉悦从周身泛起,犹如浸润在一泓秋水之中,会格外真切地感觉到自己在真正活着。

这种感觉怎么形容呢,我常常能在中国古人那里找到类似的兴味。老子说"上善若水",屈原倾心"香草美人",白居易诗里写"一声来耳里,万事离心中",甚至如禅宗偈语所言"若无闲事挂心头,便是人间好时节"。种种难以曲尽其妙的感受,古人早已体察过、表达过了。然后会觉得,人生在世,能有好文章可读,能在其中见识更多辽阔与高远,找到与古人接头的暗号,实在是一件莫大的幸事。就个体与人类历史及文化的关系来说,觉得自己真是一个很大的负债户。前人提供了浩瀚的知识海洋,足够毕生沐浴和享用,自己留在这个海洋之中的,尚无一沙一沫。哺育我的何其多,我回报的却何其少,这常让人十分愧疚。

生命令人惊奇之处,在于人常常于浑然不觉中成为一个陌生的他者,走到本以为不会行经之处。对中国的文化,我曾经觉得它缺乏朝气,太过于及物而不够深刻,何曾想过有朝一日会有这种中国式的生命体认?中国文化的圆融敦厚之美,大概总要有一些生活阅历才能感受得到。就像在大海中遨游许久,终于找到那片最令自己惬意的水域,于是在那里涵泳、畅游,乐此不疲,终于发现自己的根脉其来有自,找到所置身的文化绵延不绝的一星半点玄机。

拿音乐来说,在从前,我爱听的是摇滚。唐朝乐队,崔健,平克·弗洛伊德,枪炮与玫瑰,无一例外是激越、高亢的,不乏愤怒与控诉。我习惯让磅礴声浪塞满我的小屋,漫过眉睫。现在我喜欢听莫扎特、肖邦,莫扎特温和灵动,有着让人感动的纯净与童真,在肖邦的优美恬淡中能感受到宁静致远的深邃与浪漫。也可以理解,那时我最爱的运动是足球,喜欢在球场上拼命奔逐,在大汗淋漓、筋疲力尽中体味生命锐利的感觉。现在我喜欢的是游泳。当滑下水中,会感到凉意,游动起来感到无比自在,仿佛生来就在这池清凉之中,这片澄澈之中,于是不疾不徐地潜游,渐渐地与水融为一体。

世上固然灯红酒绿,让人永不餍足,欲望、诱惑、荷尔蒙,随时准备把你俘获。认真严肃地生活几乎近于一种行为艺术。好在我们还有另一个世界可以依仗。如果乐于过一种有质量的内心生活，会发现这个世界蕴藏丰富，足够穷尽一生，会觉得嘉言懿行不是源于外在的道德律令，而是在内心展开的审美体验。

　　我们花费了那么多时间和精力，去读书，去感受，去探求，为的是过一种好的人生。但丁借维吉尔的口发问：你将在何处陷入歧途？这是一种哲学的提醒。我想，若能守着自己的精神尺度，活得越来越明白，活得让自己尊重，这样，才算对得起读过的那些圣贤书，听过的那些天籁般的音乐，对得起从中见识过的那些高洁灵魂，领略到的那些美好情怀。唯有这样，才能回报从这个世界获得的馈赠以万一。

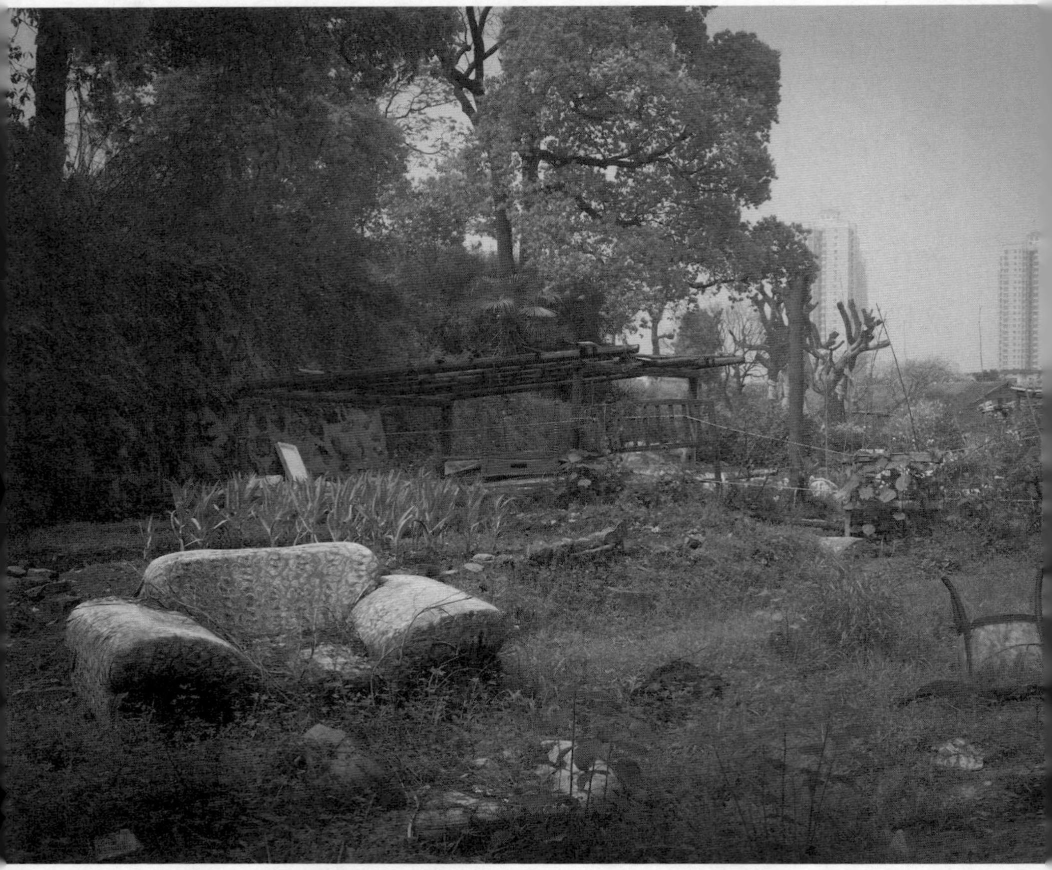

我与我的周旋

东晋有个叫殷浩的人，与大将军桓温同朝为官，一日两人相遇，桓温挑衅说："卿何如我？"殷浩不卑不亢地答道："我与我周旋久，宁作我。"很欣赏这句话，因为那种自信、自知和坚持自我的精神。

宁作我，就是不羡慕别人，不苟同别人，以"作自己"为乐，而不是努力地"作人"（别人或者所谓成功的人）。只有安于"作我"，才能敢于"作我"。

努力成为一个自己想成就的人——一直以来，我的焦虑、痛苦和纠结都来自这里，我的快乐、满足和自负也来自这里。

还记得大学校园里，我远离一些课堂上的陈词滥调，自我放逐，寻找精神慰藉。图书馆里的那些书、那些文字，带给过我极大的痛苦和快乐，一度读得疯狂。"未经省察的人生是不值得过的"，从那个时候起，阅读和思考成为个人成长的契机，成为探寻自我的起点。

大学毕业后,我先后做过足球记者和时事评论员,目睹"假球"和"黑哨"交易在眼前上演,也因为针砭时弊承受过无形压力。在那种高密度生活中,我过快地透支了热情,在一片不解目光中,辞职北上求学。

攻读研究生对我而言,是一次自觉选择,我需要系统的理论学习,提升思维层次,需要接触更宽广的世界,提高认知能力,需要异质文化互补,健全自己的文化人格。毕业时,我没有像很多人期望的那样从事学术,而是转身投入了"火热的生活"。

来到这家单位倏忽已七年,我经历了多个岗位和角色转换,却依然与文字打交道。文字似乎是我的宿命,也是我的修行。我运用自己的眼光、心思和笔墨,在看似枯燥乏味的文字工作中,发挥自己的想象,融入自己的思想,使它变成一项创造性劳动。我秉承专业主义精神,记下一些历史片段和自己的思悟,从中找准自己的位置,贡献自身的价值。我用心做好每一件事,努力让文字工作这一普通岗位更加受人尊重,让更多人认识到,文字不只是一种工具,文字背后是思想和逻辑,是对工作的认识和理解,是点滴积累和厚积薄发。

不妄想什么"经国之大业,不朽之盛事",也不以"雕虫小技,壮夫不为"而菲薄,文字成为我与这个世界相处的一种方式,成为观察事物和自我表达的一种途径。逐渐地,与此地此事的相属相处,渐渐成为一种习惯。也有过动摇和彷徨的时候,却最终因东坡的诗句而彻悟,"此心安处是吾乡",找到让自己心安的支点,才是幸福的根源。

时至今日我已明白,所有经历都是一种历练,饱含酸甜苦辣才是人生的满杯。所有观察、体悟和思考,都能给你智慧的馈赠,最终都会以独特方式作用于你。

就这样,我不停地与自己周旋,像逐渐洞悉这个世界的复杂和混乱一样,洞悉着自身的矛盾与冲突。在"野蛮生长"的过程中,完成了自我的启蒙——所谓启蒙,不就是康德说的"要有勇气运用你自己的理智"吗?

毛姆《人生的枷锁》中,菲利普感到迷茫无助时,曾问过克朗肖人生的真谛是什么,克朗肖笑而不语,送他一块波斯地毯,告诉他除非自己去发现,否则人生便毫无意义。我并不想从菲利普的故事中获得"正确人生"的启示,那是成功学家和人生导师们喜欢干的事。我能明白的,无非是信仰的毁灭与重建,对美好事物出自本能地热爱,对人生意义无尽地追寻,对爱和自由的渴望,对独立和自我的坚持,对尊严和荣誉的珍视,对苦难的悲悯和同情。从根本上影响一个人的,永远是内向的自我,而非外向的世界,是我与我的对话,自己与自己的决斗。不管选择的是未知的理想还是现世的幸福,没有谁比谁更正确,每个人的波斯地毯都挂在自己心中,而不是别人的嘴上。选择倾听内心的呼唤,才能拥有最饱满的人生。

回望20世纪之初,曾有一批年轻人渴望成为"新民",致力寻求民族自由自强之路,他们的牺牲和奋斗,留给我们最好的答案是:从自我做起,塑造一个个健全丰满的个体。刘小枫曾经讲述经历过"文化大革命"一代人的"怕与爱",对于我们这代人而言,爱在心中从未泯灭,但我们怕的,是被现实压弯了腰,放弃理想,向世俗妥协。

我虽然常怀忧患,但从不忘记进取;虽曾经历颇多坎坷和曲折,但并未因此玩世不恭;虽然早已见识人性的复杂多变,但依然选择真诚待人。生活改变了我很多,但庆幸的是,历经岁月磨砺,我依然保持了内心的完整,没有变成犬儒和市侩,还是会为真情而感动,从未灰心,对生活更加充满热爱,依然葆有梦想、勇气和激情。

人如草木,如能做一两件有益之事,则不会与草木同朽。而倘若能做好自己,便是人生的成功。

活在珍贵的人间

当下的文化是离散、多歧,更是复杂多元的,曾国藩、王阳明、苏东坡会一齐流行,叶嘉莹的古诗词课受到追捧,书法、国画、戏剧、吟诵等传统文化热度日增。

而在 20 多年前,我激赏的是海子的话:"我恨东方诗人的文人气质""他们把一切都变成趣味,这是最令我难以忍受的""我的诗歌的理想,应抛弃文人趣味,直接关注生命存在本身"。(《诗学·一份提纲》)

我们在一个偏离城市而古风犹存的地方上大学,好似抓住了 20 世纪 80 年代这个国家青春期的余光。那时候我做梦也没有想到会对苏轼等投入浓厚兴趣,那时我们喜欢激烈、直接、充满生命痛感的人生体验与表达方式,喜欢那种语言的明亮与内心的忧伤所构成的张力,而对所谓含蓄、达观充满不屑。

而时至今日我更多地明白,很多时候,中国古人的趣味并不只是趣味,无论是王羲之、陶渊明、王维抑或苏轼,这是他们处理人生的方式,是他们生命的出口,有他们曲折的情感体验和难以言说的痛苦与忧伤。

20年前我读苏子的《梅花二首》(其二),"何人把酒慰深幽,开自无聊落更愁。幸有清溪三百曲,不辞相送到黄州",同样会把他归到海子所说的"趣味"当中,而当你知道这是他从乌台狱中重生之后,往黄州路上的竹影溪声中写的,你就能体会到这与海子所说的"活在这珍贵的人间/泥土高溅/扑打面颊"感受是相通的。

平常心是道

读东坡文章,最羡慕的是他文思旺盛,无事无物不可下笔,如掘地见泉,自然流淌,真所谓"行于所当行,常止于不可不止"。

而我作文一向有心理障碍。真正想写的东西,当觉得达不到自己的期望,就不愿下笔,往往一个题目在脑海里面捂了多少年,也迟迟不见文章踪影。

现在寻思起来,还是跟童年的阅读有关。儿时无书可看,家里的中药图册、农机书甚至账本,都是我的读物,糊在墙上的《湖南日报》也一字不落读完,至今记得还有一个栏目叫"三湘拾零"。我完整读完的第一本小说叫作《敌后武工队》。

早期粗陋的阅读,与之后逐渐接触的经典佳作反差太大,反映在作文上就是失掉了平常心,总是拿高标准来要求,于是生了自惭形秽之心,又不愿照着大师的风格和样子去做,这也是一种"影响的焦虑"。一旦存了"做文章"

的念头,就很难轻松起来,总是要摆出写出传世之作的样子,平添了不少压力。倒是平时信手写几句话,倒还无所顾忌,性情流淌。

东坡少时,家中藏书丰赡,他也读得杂,除了儒道百家,鬼神志怪也不放过。读得多了杂了,写起来手就放开了,参照系太多也就等于没有了参照,由着自己来,加上以学问和才气打底,写东西自然差不了。想想东坡在进士试卷中居然能杜撰一个故事,在座师欧阳修问起来时还能振振有词承认是瞎编的。这等心态,不当文豪都说不过去。

蜀地一向有读怪书的传统,所以此地也多产鬼才怪才。相形之下,更多的人似乎都太严肃太古板,以至于雪夜读禁书都成了一大乐事。由此观之,引导小孩子读书的时候还是不要太正统太单一,从小就当个杂食动物比较好。

我有个朋友是知名的新锐小说家,佳作不断,他和我有类似的成长经历,也是上述作文心理障碍的病友。直到后来,一位知名作家对他说了一句:一个作家应该允许自己写出失败的作品。他才完全放下负担,为之释然。

我满脑子里有不少想法,但都是一些线头,不知道什么时候能织成毛衣。现在看来,有想法只管去织,是不是织成毛衣倒不必强求,如果织成了坎肩、手套或围脖,也无不可。

艺术苍穹下的遐想

如你所知,那位叫柏拉图的哲人为我们讲述了一个关于洞穴的故事:一群人居住在一个洞穴中,双腿和脖子皆被锁住,后面的火光把他们的影子投射到前面,他们只能看到眼前的事物,听到耳边的声音。这些事物和声音是如此真切动人,以致他们不知这些并非真实,而仅仅是外部世界移动的投影和声音的回响。

柏拉图的洞穴譬喻想告诉人们什么呢?从某一点上,它隐喻着人认识的局限性,人对周遭世界和自己内心奥秘把握的无力和局狭。这一状况即使到了科技极其昌明的今天,依然不能彻底改观。

我愿意认为,剧院一类建筑是一种现实化的洞穴,戏剧是生活的模仿,剧中人是现实人的拟像。观看着台上的人生百态和喜怒哀乐,人们往往犹如置身其中,不知今夕何夕。"你站在桥上看风景,看风景的人在楼上看你",我们观戏的同时,也在演绎着一出出人生脚本。

无论在哪个层次，我们所看到和所体验的，都是洞穴中的倒影和回音，那么，柏拉图眼中真实的事物和声音究竟在哪里？于是，剧院表面看是一个遮蔽人的洞穴，其实成了一个促进我们思考的契机，它通过戏剧这样的形式提醒人们，我们对世界的把握和认识并非真切。那么，人究竟怎样才能达成对世界的认知、对自我心灵世界的了解？人类自身的灵魂和骨骼究竟应该置于何地？

音乐常常是剧院的另一主角。泰戈尔说："不要试图去填满生命的空白，因为，音乐就来自那空白深处。"时间和音乐都具有穿透性的力量，当时空和音乐被一片苍穹笼罩的时候，人如何才能在广袤恒久中确证微弱的自我？漫步在国家大剧院大厅里，我的身心只剩下了一对追求精致的耳朵。

音乐是一种思考的道具，人们通过研究已经知道，它起源于远古人们对自然界的恐惧和抵抗，它能让我们探知人类灵魂的最深处。不然怎么解释，作为聋人的贝多芬能谱出如此无与伦比的曲子呢，那一定是从心里奏出来的，正如他说，音乐是种无形的东西，目标是向认识的王国挺进。所以，音乐也就成了一种人类交流、共享经验、共同抵达认识源头的介质。或者说，音乐是一种人类共通的语言。

我不由得想起人类为此作出的不懈努力，他们很早就试图建造一座巴别塔，也叫通天塔，希望消除隔阂、无碍交流，却在"神"的干涉下未能如愿。通天塔指向的是天空，是广袤的苍穹，结果却正如那句谶语，"向天空说话"，带来的是人类无法互相倾心交流的窘境。

但人类永远不会放弃这种努力，他们永远向着天空展开自己心灵和思考的翅膀，一代代最杰出的心灵，通过文学、艺术等方式搭建新的通天塔，试图在外观如此不同的人们之间找到心灵契合点。当我站在国家大剧院的巨大穹顶下，在中厅与三个剧场之间徜徉，我看到来自世界各地的人们，他们有着不同肤色、不同长相、不同衣着，却并无二致地驻足瞻望，默然神思。也许，太多匍匐的日子，让人们忘记了应该仰望，此时此刻，他们都犹如面向天空，抬起了久垂的额头。

以我有限识见，圆拱与穹顶，乃是古罗马人发明的最重要的建筑技术，索菲亚大教堂与万神殿是圆穹技术的不朽结晶。在某种程度上，国家大剧院正是对索菲亚大教堂整体架构的一次非常写意的发挥。好比悉尼歌剧院借鉴了中国古代建筑大屋顶与台基形象一样，在我看来，国家大剧院选择了同样的以古为新之途，将古罗马建筑外观上最醒目的因素——穹顶，单独撷取出来并彻底舍弃其他细节，将其扩张为整座建筑的一体形象。

当我把自己定定地安置在那张宽敞软座上时，身体和思维就已经被牢牢锁在这片苍穹之中了。从古罗马的穹顶，到今天的国家大剧院，这些类似天空形状的建筑，在跨越时空中融合和凝聚着人类的共同智慧。它是一部人类精神交流史具体而微的体现，也通过音乐、戏剧这些艺术瑰宝的传承和传播，在不同地域、种族、文化背景的人们之间架起了桥梁。与其说它们是柏拉图眼中的洞穴，不如说是一座座伸向天空的巴别塔。或者说，正因为人类居住在洞穴之中，才需要携起手来，互诉衷肠，互相帮扶。

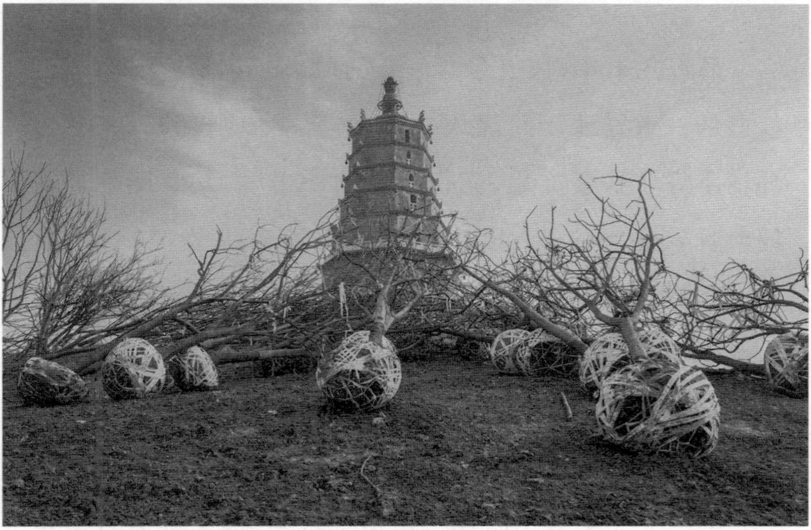

音乐犹如一场治疗

最近几十年来,很多音乐会的"成功"都是"获得专家、权威的一致好评",而观众冷淡、票房凄惨则都归咎于"大环境不好""快餐文化、流行音乐的冲击"。其实即便是在经典音乐盛行的 20 世纪初的欧洲,大部头奏鸣曲、协奏曲、交响曲也只能被少数"训练有素"的观众接受,一场音乐会通常只会安排一部 30 分钟以上的大作品,保证音乐会票房和人气的是那些优美、精练的小品,这样才符合一般听众的审美习惯和生理承受力。

中国人大多从小听惯了单声部音乐,在大脑发育最快的孩童时代没有机会接受经典音乐熏陶,长期以来感受乐音的听觉功能处于沉睡状况,所以一开始接触有和声的多声部音乐会感到思绪凌乱。但音乐毕竟是一门人类共通、无须翻译的国际语言,多听音乐,让自己的耳朵经常地处在音乐环境中,不断地用乐音刺激大脑听觉神经,指不定哪天就产生了狂喜、沉醉的强烈感受,大脑听觉神经犹如被乐音贯通一般——高峰体验便来临了。

霍夫曼说,"音乐向人类揭示了未知的王国。在这个世界中,人类抛弃所有明确的感情,沉浸在无法表达的渴望之中"。在西方发达国家,莫扎特、贝多芬的音乐小品已成了幼儿教育开发智力必修课。与视觉、味觉、嗅觉、触觉等相比,听觉更易于接近智慧灵性层面。托尔斯泰甚至说,"如果全部欧洲文明都崩溃了的话,我所感到惋惜的,也只有音乐"。

《礼记·乐记》说:"乐者,音之所由生也,其本在人心之感于物也。""乐至而无怨,乐行而伦清,耳目聪明,血气平和,天下皆宁。"说明早在中国古代,人类就把音乐当成一种治疗疾病的方法和手段。古埃及有"音乐为人类灵魂妙药"的说法。罗马、希腊一些历史名著中也曾经有过音乐治疗的记述。我国古代名医朱震亨曾经说过:"乐者,亦为药也。"白居易在《好听琴》中写道:"一声来耳里,万事离心中。清畅堪销疾,恬和好养蒙。"也是说清畅恬和的音乐既可以解除疾病,又可以保养心性,自然会有益于人的身心健康。优美动听的音乐对治疗疾病也是一种有效的辅助手段。音乐疗法、音乐处方和音乐止痛法已被证明具有令人吃惊的临床效果。如运用音乐音响代替麻醉药为牙病患者拔牙,利用音乐音响对难产的妇女进行催产。随着科学技术进一步发展,音乐与医学的关系将越来越密切,正如莱歇文博士所说:"音乐和医学过去一直是,将来也仍然是不可分割的。"

　　有人列举过一些病症的音乐处方,如疲劳时可以听德彪西《大海》或维瓦尔第《四季·春》,失眠时听听《仲夏夜之梦》效果会很好,精神忧郁了不妨欣赏一番莫扎特《第40交响曲》和西贝柳斯《芬兰颂》……姑妄言之,姑妄信之,但听音乐总不至于有太多"副作用"。对个人如此,对我们这个浮躁而又过度理性化的社会恐怕也有同样功效。塞缪尔·亨廷顿说:"现代性意味着稳定,而现代化意味着动荡。"我们这个社会正处在加速现代化的过程中,那么不妨像托尔斯泰所说,"把文学所不能表达的留给音乐吧",语言的终结就是音乐的开始。

不即不离　无束无缚

中国古代诗学中有一句话：诗无达诂。意思是说，书和文章的主旨没有固定的阐释模式，不同读者的阅历体验、性情才具、知识构成不同，读出的往往是不同的意思。这不太难理解，如西谚说，一千个读者有一千个哈姆雷特。鲁迅先生谈到读《红楼梦》时说，"经学家看见《易》，道学家看见淫，才子看见缠绵，革命家看见排满，流言家看见宫闱秘事"。

中国文学史上，孔尚任《桃花扇》和曹雪芹《红楼梦》都是表面写男女情感，内里表达的实则是一种悲剧人生况味。"眼看他起高楼，眼看他宴宾客，眼看他楼塌了"也好，"白茫茫大地一片真干净"也好，都像王国维说的，是中国文学中少见的一种"厌世解脱"精神。《桃花扇》的主旨很明确，作者说了，"借离合之情，写兴亡之事"。而《红楼梦》的解读之所以出现鲁迅先生说的那种情况，是因为作者意图表达得更含蓄隐晦，读者往往被作者有意营造的丰满细节所迷惑,而忽略了作者传递的真正意思——"因空见色,由色生情,传情入色,自色悟空"。

　　鲁迅先生还曾讽刺说,中国读者往往喜欢把自己放到小说中去。这就是我们今天经常讲的"代入"。其实读书并不怕,甚至很需要这样的投射与移情。现代文学理论对"误读"就有不同看法,很多经典作品新的阅读路径、新的意义阐发都是在"误读"中完成的。因为经典作品有无数读者反复阅读,所以越读越精彩,越读越丰富。换句话说,读者参与也正是经典何以成为经典的一大原因。而且,恰恰是那些经典作品,因为有所谓"超保护的合作原则"存在,意义往往固定而僵化,杜绝了读者将其内在潜质不断发掘的可能。简单地说,因为读者对经典作品有着基本信任,使它具有了超级"保护",读者信得过经典作品内涵深刻、艺术性高,而因了这种信赖,假使读不出它的"好",你会怀疑自己水平问题;即便只是为了证明自己,你也会非常"合作"地反复读,讲出个子丑寅卯来。

　　所以,游离刻板模式之外的阅读阐释,往往能别开生面,但这并不是说,阅读阐释可以随心所欲,这里面距离把握非常重要,扑得太近,就会沉溺其中以致无法自拔;隔得太远,又会看不真切而横生臆断。这两种情况都可能将书读"歪"。

举《背影》为例。这篇文章是"五四"文学中最早正面刻画父亲形象的,而有人认为,《背影》描写的父亲形象主要有"细心""体贴""不强壮"等特点,这和父亲的经典形象"粗心""威严""有力"差距甚远,所以说,在《背影》中看到的与其说是一个父亲形象,毋宁说是一个母亲形象,进而得出结论,《背影》其实是写给母亲的。但他偏偏忽略了,朱自清笔下的"父亲",更有着"坚强""隐忍"等男人的典型性格,论者与文章隔得有点远,抓住一点不及其余,没有真正读懂作者的情感。

我曾经把童话《小王子》推荐给一位意志消沉的朋友去读,希望书中的真诚和爱心能够温暖他,没想到他读完后告诉我:"狐狸说得对,人世间根本没有真正的友谊。"我惊呆了。他显然完全沉湎于书中,不能以一种超脱的心态去读,结果被书中的只言片语所左右,而忘却了书中的真正含义。这也是一个因为距离不对而误读的例子。

读书的理想距离是:不即不离,无束无缚。

湖湘形胜

千秋之事业

先有碧泉,后有岳麓。

南宋理学大师胡安国、胡宏父子,自闽迤逦至湘,寻觅到湘潭隐山之下碧泉潭时,见潭水幽然,故驻足于此,建堂讲学,开湖湘文化之滥觞。

筚路蓝缕,开宗立门,以学匡时,以道救世,建碧泉书院、文定书堂,为岳麓书院之源头,弦歌不辍,泽被深广。湖湘千年盛,诸胡开先声。

胡文定公(胡安国)有言:"莫为婴儿之态,而有大人之器;莫为一身之谋,而有天下之志;莫为终身之计,而有后世之虑。此之谓心远。"

五峰先生(胡宏)曰:"稽请数千年间,士大夫颠名于富贵,醉生而梦死者无世无之,何啻百亿。虽当时足以快胸臆、耀妻子,曾不旋踵而身名俱灭,某志学以来所不愿也。至于杰然自立志气,充塞乎天地,临大事而不可夺,有道德足以替时,有事业足以拨乱,进退自得,风不能靡,波不能流,身虽死矣,而凛凛然长有生气如在人间者,是真可谓大丈夫。"

秉春秋大笔,葬天下隐山。先祖音容德范,无限神往。

家族是中国人的信仰。《论语》说"慎终追远",《礼记》说"报本反始",强调的都是对远逝的祖先要怀有追思之心,这样才能返回本原,不忘自己从何而来,对生命怀有感恩之心。

千禧年元旦,我寻访碧泉书院旧址及胡安国、胡宏父子墓,那时交通实在不便,徒步整整一天,只找到盘屈山下的碧泉潭,书院早已不见,只有潭水依旧清幽,如五峰先生《有本亭记》所述,"溪虽清浅,而有长江万里之势焉",感慨不已。

那一次只凭家谱中的文字线索,没有图纸和向导,最终没有找到墓地,遗憾而归。回来写了一篇《临近终点的旅途》记叙之。

这些年,经众多学者贤达研究阐发,在湖湘各界人士努力下,隐山作为湖湘学派发祥地越来越为人知晓。省市政府加大了对隐山文化资源的保护开发,重建了碧泉书院和三贤祠,并在湘潭大学重建碧泉书院实体机构,重现当年书院聚天下英才而教之的盛况。

有一时之事业,有千秋之事业。胡氏父子于蛮荒之地敷扬文教,讲德明道,奖育人才,播撒火种,薪传后世,是为千秋之事业。碧泉书院赓续重建,仰先哲之遗范,托末契于后生,得英才而教之,明明德于四方,亦为千秋之事业。

千年欲识丈夫心

可怜荒垄穷泉谷,曾有惊天动地文。衡阳曲兰湘西草堂,几间普通的湘南民居,乃伟大思想家王船山故居。

船山自撰墓志曰:"抱刘越石之孤忠而命无从致,希张横渠之正学而力不能企,幸全归于兹丘,固衔恤以永世。"石船山犹在焉,哲人其萎。

清风有意难留我,明月无心自照人。船山先生以身殉志,与其说是殉那个不值得的朱明王朝,不如说是殉自己心中的理想和中华文化之精魂。

一个手无缚鸡之力的读书人,在兵连祸结的岁月,在朝不保夕的生活中,一身荷文化之重担,幽居深山数十载,发愤著述,留下千万余言当世无法刊印、不知命运如何的文字,在暗夜中赓续中华文脉,传递文明薪火。至曾国藩刊刻《船山遗书》,距其身死已一百多年,爝火不息,苦心孤诣终获知音。

先生自信"吾书两百年后始显"。他在石船山下数十年隐居著述,不是为了当时当世人们的注目,而是寻求两百年后同道中人的共鸣,此种底气简直就是疯狂——一方面进一步佐证了先生"向死而生"的浩然正气,另一方面佐证了孔夫子的一句话:"君子依乎中庸,遁世不见知而不悔,唯圣者能之。"先生圣矣。

汉学家裴士锋在《湖南人与现代中国》一书中,认为王船山是理解近代湖南人历史文化贡献的关键人物。他上承胡安国,下接陶澍、贺长龄、曾国藩、郭嵩焘、谭嗣同、蔡锷、杨昌济、毛泽东等人,泽被深广。其文化滋养与精神激励,不仅为湘人独享,更是辛亥革命的重要思想资源,也是实事求是思想的重要来源。

"六经责我开生面,七尺从天乞活埋。"湘俗本忌讳在房前种柏,船山偏为之,即"乞活埋"之意。如此坚贞、孤绝、傲岸、踔厉之人之事,便是中华文化绵延数千年,历经磨难而不断开新的奥秘所在。

就文化抱负、思想自信和学术成就而言,先生不只是湖湘文化的高峰,不只是中华文明的高峰,而且还是人类历史的高峰。谭嗣同说：五百年来学者，真通天人之故者，船山一人而已。

独上危峰揽苍翠，千年欲识丈夫心。

礼失求诸野

曾国藩故居在湖南双峰荷叶镇，历史上属于湘乡，距离我老家不过40余公里。但在交通不便的年月，由于山峦阻隔，道路崎岖，去一趟实属不易。所以直到高速公路通车之后，我才于2018年春节期间驱车前往。

可以想见的是，深处丛山之中的此地，曾经着实是几乎被遗忘的角落。我回来时一路在想，如此闭塞、蛮荒的地方，为什么会走出曾国藩这样的人物？

曾氏早年无甚可观之处，资质平庸，见识浅薄，身上毛病颇多，读书取功名只是为了光宗耀祖。30岁后他立志自新，刻苦，自律，涤旧布新，最终卓然于众人。可以说，如果没有后来视野心智的拓展与气质转变，他终其一生也不过是个平庸的乡下读书人。

曾国藩从一个愤青转变成为办事兼传教之人，其要义在于：以澄清天下为鹄的，以定其向；以修身克己为依禀，以守其正；以黄老之术为周旋，以成其事。而最核心的，就是他自己所言,"躬身入局,挺膺负责"。一是入局,在场,把自己作为方法,不辞繁剧,见招拆招,在事上磨,以节义相砥砺,塑造志同道合的团队,变一人之事为众人之事;二是负责,遵道而行,不计利钝,虽万千人而敢往,又不务虚声,结果导向,用笨办法把事办成,既解决眼前问题,又破旧立新办洋务、兴文教、擢人才、打基础,变一时之事为千秋之事。

尽管他有那么多历史局限,但不得不承认的是,在他所能接触的思想资源条件下,他将自我提升、自我完善做到了极致。他以亲身经历,证明了儒家思想在个人修养上的有效性,证明了由内圣开出外王的可能,也证明了儒法道可以融合于一身。

但由于旧的社会基础不能改变,曾国藩挽救了清王朝,清王朝却不能救中国,他勉力延续的旧制度、旧秩序,又反过来反对他。他的思想一定程度上超越了时代,但他的行为却被时代所遏制。最终,他"名已裂矣,亦不复深问",只留下故事供后人咀嚼。

毛泽东年轻时曾说"愚于近人,独服曾文正",称颂他为"办事兼传教之人"。荡平太平天国,兴起洋务运动,培养大批人才,从"成事"的角度看,曾国藩确实有值得称道之处。

曾氏一生信奉拙诚，喜欢憨直、质朴之人，建湘军时"选士人、领山农"，彭玉麟、罗泽南、李续宾等名将均是理学修养深厚但不得志的乡间士人，入曾幕以书生领军，均大放异彩，建成奇功。这既是曾氏识人之明，也说明这个群体本身就蕴藏着力量。

《汉书·艺文志》曰："礼失求诸野。"一个文化体一旦成熟到烂熟，就有可能颓败腐朽，需要边缘文化加以拯救，为其输入生机活力，返本开新。

中华文化一次次振衰起弊，均是如此。湖南近代的崛起，就是边缘文化对中心腐朽文化的一次救济。而其主体，又来自边缘的边缘，就是农村士人群体。

在农耕社会，这是一个独特现象。杨昌济在自己的日记当中曾这样评价他的一位学生："毛生泽东，言其所居之地为湘潭与湘乡连界之地……渠之父先亦务农，现业转贩，其弟亦务农。其外家为湘乡人，亦农家也。而资质俊秀若此，殊为难得。余因以农家多出异才，引曾涤生（曾国藩）、梁任公（梁启超）之例以勉之。"除了这几个例子，还有黄兴、蔡锷、宋教仁、蔡和森……均堪称"农家异才"。

在商业化、城市化、娱乐化快速发展的当下，"内卷"成为常态，人正逐渐被 AI 取代，或被流行话语所裹挟而变得同质化模式化。对"中心"的迷恋成为新的拜物教，而"中心"所具有的有效文化资本,其先进性、充足性、创生性都颇值得怀疑,它所能滋养的也必然是其固有秩序的再生产者。那么,曾经一再应验的边缘拯救中心的规律还会生效吗?

从社会学的角度说,社会资源分配不均衡更加凸显,社会分层中,那些在大多数人视野之外相对弱势的生长性群体,如城市务工人员子弟、农村留守儿童、正规学历短缺者等,值得格外关注。在这些群体当中,或将藏有未来的经天纬地之才。

侠者谭嗣同

龚自珍有诗:吟到恩仇心事涌,江湖侠骨恐无多。说到侠,首先想到的是浏阳人谭嗣同,其人其事让人唏嘘,这样一个旧式家庭世家子弟,因其身世、历练及某些特殊机缘,竟将侠骨与仁心、士人传统与现代人格如此奇异地结合于一身。

"拔剑欲高歌,有几根侠骨,禁得揉搓?"出语不凡,然亦预示了其坎坷奇崛的命运。他曾努力建构仁学理论,但以其热切峻急之心情,未臻通融之境。戊戌事败,虽然他比康梁等书生更具组织能力和践履精神,也更了解民情,于大事更有益,却决绝自祭于变法之事。有人说他因为身罹绝症、自知不久才毅然弃世,但没法不承认这是对生命意义透彻思考之后饱含热忱的自觉选择,出于内心天良,亦有湘人的蛮执和血勇在其中。其赴难之时,犹能镇定自若伪造笔迹作书以脱其父之干系,其智其勇其仁其孝,可敬可悯。

虽然其自感"死得其所",可依我庸俗之见,他高估了以自身生命作祭奠所能对人心的撼动,也低估了摧毁他的铜墙铁壁之坚固。

我敬谭公,亦悯谭公,你殷红的血渗入这片土地,虽然河山陆沉、人心浇漓并未如你所愿彻底改变,而你求仁得仁,个体生命由此升华,完成一个侠者的夙愿。复生,复生,若你真能起于九泉而复生,且慢些走,在这世间多做些停留。如果你胸中侠气不可遏制要喷薄而出,就让这晚间的清风明月,来抚慰你激越的胸怀。

遥祭松坡

今天是蔡锷松坡将军忌辰。儿时就听大人讲述先生掌故,心生敬慕。及长,知其生平行迹和精神人格之伟岸,更为之倾倒。在长沙时曾多次登岳麓山拜谒将军墓冢,此山有幸,成将军及黄克强等公长眠之地。上天眷我湖湘,孕育如此多伟岸男儿,上天曷不怜我湖湘,令蔡松坡、黄克强、宋渔父诸公皆中道而亡,壮志未酬即魂归,痛何如哉。今夜过长沙,无暇再去拜谒蔡公,唯愿先生之志之行不为历史烟尘所湮灭,而能为世间所旌表,世人不为小凤仙之风流韵事而流连,乃知先生不辞生死"为四万万人争人格"之真容。

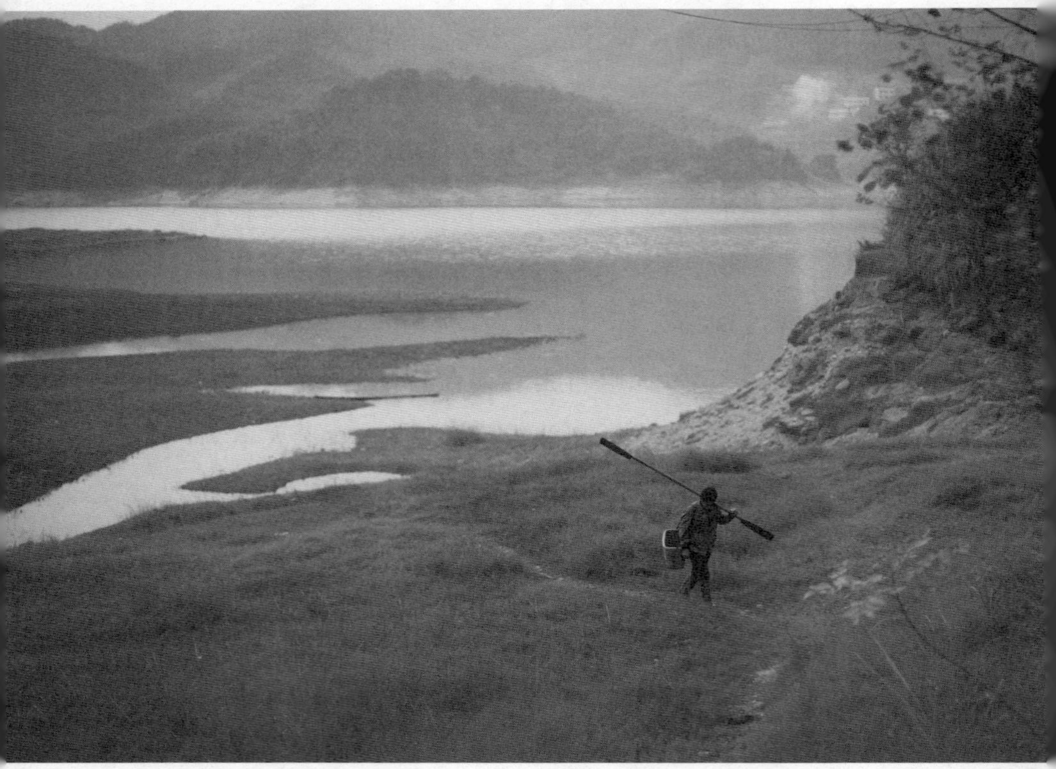

履 痕

永乐大钟的灵与肉

　　冬日的黄昏,我来到略显萧瑟的北京大钟寺。这个曾经是古代帝王祈雨和拜佛之地的古寺,珍藏了大大小小各色各类的古钟数百座,其中最大的一座"钟王"——明永乐大钟,1403年由明成祖朱棣下令铸造,高6.75米,口沿直径3.3米,重46.5吨,钟内外共有文字23万多。这样一口大钟,仿佛一个巨大而苍茫的惊叹号,沉沉垂挂在天地之间,让人心生敬畏。

　　永乐大钟,诞生在岁月另一端。尽管六百年间已有无数诗文对它天下独美的音响做过描摹,可惜我没有亲耳听到大钟的敲响,但我想它该是激越、磅礴、沉雄、嘹亮的,带着恍然天外的绕梁之声,覆盖百里京华。

　　这样似乎带上了一些怀旧之情,其实这原本就是一个让人怀旧的所在。在这里，人似乎站在历史的深处倾听着来自远古的回音。每一口钟上，都镌刻着各种各样的文字和图案。文字或是宗教经文和咒语，或是对皇帝和王朝的祝词，有汉字，有藏文，也有梵文。卡西尔说，一切人类文化现象都是在运用符号方式表达人类种种经验。这些文字，不外是在表达对佛教的体认和对彼岸世界的追慕，对王朝的膜拜和对君主的颂扬。钟，成了古代人文景象的映射和索引，它所折射出的是钟的双重属性，一是佛教的法器，曰佛钟；二是王朝的礼器，曰朝钟。钟上的图案、花纹、雕刻、塑像更是让人眼花缭乱。各色各样吉祥图案爬满了钟的表面，八卦、万字符、龙、凤、龟、麒麟、云纹、水波纹、菩萨……不一而足。透过钟上符号的谜面，不难发现历史和文化的各种谜底。佛教的因果循环，道家的长生不老，儒家的忠君爱民，阴阳五行的哲学观念和天人合一的精神特征，都在这些图案中得以表征。钟身大多为红色，标示着华夏民族的审美标准。这些绚丽多彩的形式规则下，隐藏着中国文化艺术的各个侧像。

　　钟首先是一种响器，一种发声装置。用于击打，发出声音，是它的首要功能。铜合金铸造，中空，呈圆柱喇叭形，半空悬挂，这样是为了使钟的声学性能达到最佳状态；在受到敲击时发出传之悠远的庄严之音。同时钟既是符号载体，也作为一种重要文化符号而存在。符号和钟体如同灵和肉的关系。几百年间，听过钟声的人一代代谢世了，大钟还顽健如初。作为响器的钟，有足够的生命力来与时间抗衡。作为符号的钟，在历史的甬道中永远传递文化薪火。物理声音与文化声音合二为一了。

大钟寺中最为举世罕见的奇迹，莫过于永乐大钟里里外外每一寸钟身密密麻麻铸满的23万多字佛教经文和咒语，这是人类传播欲望的又一个坚硬物证。篡位上台的明成祖晚年潜心向佛，撰写《诸佛如来菩萨尊者神僧名经》凡40卷，20万言。其中前20卷10万字便刊登在永乐大钟不朽的版面上。有学者猜测，明成祖铸钟的初衷是为自己呕心沥血之作找一个永恒载体，以教化众生和流传百世。用索绪尔的分类来看，明成祖亲自撰写的这20万言已超出单纯的语言（language），而进入了话语（discourse）的层面。

科学家们已能清晰描述当年铸造永乐大钟的方法和过程，那简直是天衣无缝的操作，六百年前的手工作坊生产，让现代大工业竟无法企及。莱文森曾经提到"补偿性媒介"，他说，所有技术进步都暗含着一定缺陷，但理性使人们不仅仅接受妥协，而且要予以补救。这样绝妙的响器"缺陷"又在何处？麦克卢汉对"视觉空间"和"声觉空间"

做过区分：视觉符号和听觉符号具有本质上的不同，前者使用空间而不使用时间，后者把时间而不是空间作为主要的结构力量。处处充满匠心和巧思的大钟，再用视觉符号的智慧和灵韵（aura）加以补偿，视觉和听觉的结合，共同将15世纪的东方天籁塑造得无比和谐、圆满和丰盈，奏响跨越时空、轰鸣千古的不朽之音。

苏珊·朗格把符号分为推论性（如语言）和表现性（如艺术）两种形式。对语言形式的"钟"而言，它由声形实体的能指（signifier）和心理实体的所指（signified）组成，前者是知觉音像，后者为意念心像。钟的能指是一座金属的空间实体，而钟的所指则要广泛得多：佛事、仪式、富庶、威权、秩序、声势……如艾柯所说，符号就是任何可以拿来有意义地代替另一件事物的东西。而作为艺术表现的符号形式，钟被赋予了更大的主观指称性，同时又受到了一定情境规则的制约。索绪尔是这样表述的，符号是任意的，其存在不取决于自身的某种自然属性，而取决于它与其他符号的对立和差别，即任何符号都从属于受一定惯例支配的符号系统。钟是中国乐器中的领奏者，它的符号意义是在历史中获得的，被文化所赋予的。它被放置在寺庙、宫廷等地，为召集、警示、显示威仪而用，昭示一种身份和力量。六百多年前，以派遣郑和下西洋和编纂《永乐大典》而昭彰史册的明成祖，为炫耀自己文治武功，并为迁都北京肇基定鼎，下令铸造了这口无与伦比的大钟，为的是宣扬"靖难之役"伟业和定鼎北京的壮举。遥想当年这座庞然大物轰然响起的时候，曾经以何等摄人心魄的威严，昭告着皇权显赫，也宣示着神权至上。像玉玺变成国家象征、玫瑰成了爱情使者一样，钟成了皇权之钟、秩序之钟，同时也是修道之钟、历史之钟、艺术之钟和科技之钟。在中国文化符号系统中，钟具有了多重符号意义和多个观像。

中国古钟的鸣响不同于西方使用钟舌从内壁敲击，而是用钟杵从外壁碰撞，巴黎圣母院敲钟人卡西莫多也迥异于大钟杵敲钟的小沙弥，这绝不仅仅是设计工艺区别，而是文化分野，从中看出的是不同符号系统之间某种程度的不可通约性。这无疑是另一个值得深究的问题了。

唐招提寺怀古

奈良是个小城，却有深厚的历史文化底蕴，众多世界文化遗产坐落于此，被称为日本人的精神故乡。冒着蒙蒙细雨，游览奈良西郊唐招提寺，此寺是日本佛教律宗总本山，是由唐代高僧鉴真东渡日本后亲自指导建造完成的，并保存完好至今，从中可以窥见唐代建筑格制及特点。

寺内大小建筑10余处，错落有致，明显有别于明代以后的中轴线对称布局。最重要的大殿金堂，为全木结构，白墙黑瓦，大气庄重，简洁典雅，典型庑殿顶加巨大斗拱，为唐代建筑最高规格，可见鉴真当时在日本的地位。虽然经过多次翻修，但主体与用材依然保持初建时的情形。

震撼于建筑之美，遥想盛唐之气象，也得见天平时代之盛景。佛教从天竺传至中原，后东渐至扶桑，也是一部亚洲文化交流史，两位高僧玄奘、鉴真厥功至伟。鉴真受邀赴日，慨然应诺，称"是为法事也，何惜身命"，为此他6次渡海，费时12年，中途数名徒弟僧众去世，自己双眼也因病致盲，但他不改初心，持志坚固，终告成功。

他到日本后传播大唐文化，弘扬佛法，成为天平时期日本文化大兴盛的重要推动者，而且他精通医术，救死扶伤，是日本历史上最著名的两位中医之一。他因此得到日本后世极大尊崇，招提寺内真身塑像被奉为日本国宝，每年只开放3天。日本著名俳句诗人松尾芭蕉瞻仰大师塑像后写下：新叶滴翠，摘来拂拭尊师泪。

玄奘取经后世有《西游记》演绎，而鉴真东渡之艰难险峻不亚于玄奘，却几乎没有像样的文学艺术作品予以记载。倒是日本井上靖写过一篇小说《天平之甍》，就是以日本遣唐使前往长安与鉴真东渡为主线,小说结尾是邀鉴真来日本的僧人普照收到了遣唐使自长安寄来的鸱尾,装在了金堂檐角上。井上靖的寓意是以鉴真以代表的一众僧人撑起了天平时代灿烂文化的屋脊,也褒扬了唐文化对日本的影响。鉴真东渡这么好的故事,在我们弘扬文化自信的今天,期待有人能早日把它创作成好的文学艺术作品。

时间仓促,来不及拜谒大师墓园,安放大师塑像的御影堂正在整修,与东山魁夷的壁画也缘悭一面。这位享誉世界的美术大师,专门以鉴真故事为题材,创作了《山云》《涛声》两幅巨型壁画,并写下《通往唐招提寺之路》一书,披露受鉴真大师感召在艺术上自我蜕变的心路历程。

他写道:自己内心的某种情感,通过与外界事物的邂逅照应,瞬间产生宿命般的作用,从而一定要在那条业已开启的道路上一直走下去。诸如此类具有重大意义的邂逅,在人的整个生涯中也只有一两次。正因为如此才要珍惜这个缘分,将其初衷贯彻始终。

渡海对于鉴真来说,是在自己将要步入暮年之时遇到的如神启般弥足珍贵的邂逅,宿命地将他引向通往唐招提寺之路。而东山魁夷在"二战"创伤之后,受鉴真大师启示,也找到了自己的唐招提寺之路。我们凡夫俗子,离大师的境界太远。清风习习,白日杲杲,左顾无暇,右顾已老。我是无明客,长迷有漏津。通往唐招提寺之路是一条漫长的道路,虽然我已如此贴近,但仍然还不曾找到它。

哲学小道漫步

京都东山哲学小道,两旁禅寺林立,著名者如银阁寺、高台寺、南禅寺,均为临济宗道场,乃南岳怀让、马祖道一之所传。

小道四季有景,春之樱花夏之萤,秋之红叶冬之雪。此时见小桥流水,霜叶初红,鱼翔浅底。

漫步于此,如见故乡风物。木芙蓉,山茶花,棕榈,木槿,紫珠,夹竹桃,绣球花,忽地笑……都是儿时常见草木。

木芙蓉正次第开着,横在渠上娇花照水。此花又叫木莲、拒霜花,喜水,不耐寒。湖南别称芙蓉国,小时候家乡河道两边长满了这种花,后来却见得少了。

芙蓉原产中国,后传入东瀛。古人常以它入诗,白居易就写过多首,其《木芙蓉花下招客饮》云:

晚凉思饮两三杯,召得江头酒客来。
莫怕秋无伴醉物,水莲花尽木莲开。

话说，白居易在日本可是神一样的诗人。我大学时读《源氏物语》，发现里面大段引用白诗。《枕草子》中也用了不少白诗典故。白诗浅显，生活味浓，有禅意，与日本物哀美学较契合。这是比较文学中接受研究一个很有意思的案例。

李杜白，生年不满百，影响却无远弗届，流传千年，多少王侯将相也比不过他们的光彩。唐是古代中华文化的顶点，对今日也依然有启示。要实现民族复兴，在政治经济外交等实力之外，最终同样要依靠文化的力量。

德里的红堡

红堡(Red Fort)是我到印度后游览的第一站。傍晚时分，穿越旧德里集市狭窄的通道，红堡高耸的锈红色城墙顿时映入眼帘，在一片低矮建筑中巍然挺立，卓尔不群。在莫卧儿帝国灭亡一百多年后的今天，昔日的伊斯兰王城周边早已不复往日繁华，只有红堡壮丽的城墙依然如昔，衬着无云长空。

红堡坐落在德里旧城东北部、亚穆纳河西岸，因其用印度特产的红砂岩建成而得名。传说莫卧儿王朝第五代国王沙·贾汉在统治了印度 11 年后，因爱妻泰姬逝世，在故都阿格拉处处触景伤情而决定迁都德里，并在新都仿照著名的阿格拉堡设计建造了这座城堡。红堡修建历时近10年,动员了全国人力物力,是印度最大的王宫。整个建筑呈八角形,全部亭台楼阁都由红砂石和大理石造就,没有用到一块木料或是铁钉。历经几百年风吹日晒,却风采依然。

红堡最宏伟的是西面的拉合尔门,因朝向巴基斯坦城市拉合尔而得名,而拉合尔城正是沙·贾汉的出生地。正是在这里,英国人罢黜了莫卧儿王朝最后一位统治者,标志着这个统治印度300多年的伊斯兰王朝终结;也是在这里,1947年8月15日,印度首任总理尼赫鲁宣布国家独立。拉合尔门几乎可视为现代印度的象征之一。

穿过拉合尔门后的甬道,便可看见红堡外宫——觐见宫。觐见宫由正面9个、两侧各3个拱门依次相连而成,形成了除内墙外三面开放的长方形格局,是沙·贾汉当年亲理朝政和接见百姓之地。现在宫殿内墙中央还矗立着沙·贾汉当年坐过的大理石宝座,宝座上精致的花鸟、树木等浮雕,诉说着王国昔日传奇。

从觐见宫左侧前行,穿越一片翠绿草坪,就是被誉为"人间天堂"的枢密宫。枢密宫是君臣商议国家大事之地,全用白色大理石建造。宫殿整体构造非常类似觐见宫,却因为建筑材料不同,前者娟秀雅致,后者恢宏大气,风格迥异。

枢密宫北面是一座三室相连的白色大理石宫殿,为国王寝室、祈祷室和谈话室,被称为"沙·贾汉后宫的天上宝石",这座宫殿也是红堡宫殿中最神秘的一个。大门紧闭,人们只能透过白色大理石窗棂往里窥视,背后的院落触目的荒凉,朽木与寒石仿佛映射着沙·贾汉王袍里裹藏的孤独。

沙·贾汉从画像上看,面容清俊至极。他的祖父是英雄盖世的阿克巴大帝,母亲是以骁勇著称的拉其普特部族公主,他骨子里流着勇士的血。经过残酷的权力角逐,他在王位争夺战中战胜自己的兄弟荣登大宝,为自己改名"沙·贾汉",波斯语意为"世界的统治者"。那一年他36岁,正值盛年,意气风发。他爱扬鞭沙场,他天生的军事才能在战场上展露无遗。他南征北讨,仅仅几年,莫卧儿王朝的军队就扩充了4倍。或许是因为命运偏爱,他还获得了人世间最美好的爱情。波斯美女泰姬身上,寄托了沙·贾汉一生的爱恋,只有泰姬才能懂得沙·贾汉侠骨后的无限柔情。她与沙·贾汉结婚19年仍恩爱如初,当她因难产而逝去后,沙·贾汉为她修建了世界上最美丽的陵寝——泰姬陵,并不再眷顾别的女子。

戎马倥偬的生涯使沙·贾汉得了重病,他的几个儿子开始了权力争夺。他和泰姬的儿子奥朗则布最终攫取权力后,把父亲软禁在阿格拉堡一间斗室,透过窗格,沙·贾汉能遥遥看到亚穆纳河另一畔的泰姬陵墓。怀想曾经叱咤天下的沙·贾汉,在最后的生命时光,凄凄梭雨、黯黯昏灯中,独倚寒窗之下,一桩桩如梦如烟的往事定会幻起心头。强者抚髀有感、拔剑高歌,弱者举酒浇愁、低回太息。至于英雄老去、白发催人,壮士穷途、天涯潦倒,真是"江湖夜雨十年灯"啊。

从沙·贾汉的寝宫中走出,面向红堡粗犷的砂岩外墙,不禁想起了他对红堡的比喻——"就像一个美丽女子的面纱"。当他下令修建这连绵坚实的红色外墙时,那一刻,是不是有股暖流触及他内心的温柔角落?当他在阿格拉堡窗口眺望远处的泰姬陵时,又有怎样的心绪在千回百转呢?在那颗被痛苦折磨的心灵里,遮蔽着一个不为人知的世界,那里有霸道、有厮杀,也有痴情和缱绻。一片宫墙,把那个为柔情留下的空间掩盖起来。游人来来去去,瞻仰了那么多年,窥视了那么多年,今天,沙·贾汉的宫室最深处仍是封闭的。他把最私密的位置保护起来,轻易不示人。寝宫顶上每一个看似杂乱的石刻,都是只有他和泰姬才能明白的奥秘,见证着他们一脉温情的自享与期盼。

倦鸟归巢了,红堡将在日落时分关闭。我随着游人脚步向外走去。落日余晖中,红堡赭红色的庄严色调仿佛一团炽热火焰在燃烧。一瞬间,沙·贾汉壮阔的宏图、勇敢的征战、火烫的情怀似乎都在这刺目的红和沉静的白中浮现出来。君王舒眉了,战鼓停息了,宝刀入鞘了,华灯初上了,美人倚着白色大理石柱子开始翘首盼望了。在德里的红堡,夜色降临了。

岁末恒河

到了印度,瓦拉纳西(Varanasi,又名贝拿勒斯)成了不得不去的城市之一。

瓦拉纳西位于恒河中游,在这里恒河由南向北来了个漂亮转弯。但凡河流转弯处,一向多险滩巨浪,而此处恒河并不豪迈和猛烈,她温柔含蓄地舒展身体,缓缓流淌。浪花看似波澜不惊,却不知见证了多少历史、多少伟业,才能如斯举重若轻,恬淡安详。

瓦拉纳西据说是世界最早的城市之一。马克·吐温曾经这样写道:"贝拿勒斯比历史还古老,比传教还古老,甚至比传说还古老,看样子比这三者合并起来还要古老一倍。"印度教徒人生的四大目标——"住瓦拉纳西、结交圣人、饮恒河水、敬湿婆神"几乎都得在这里实现。这个地方,也是7世纪时玄奘法师历经艰辛一心要到的"西天"。

这座本地居民不到140万的小城,在释迦牟尼诞生日等特殊日子,每天要接待好几百万游客,即便是平常,来恒河沐浴的人数也蔚为壮观。数以千万计的印度教徒宁可倾家荡产,也要完成一趟瓦拉纳西朝圣之旅,目的只有一个——用恒河圣水冲刷掉自己身上的污秽或罪孽,实现梵我合一、超脱轮回的愿望。

如果说,印度教徒来瓦拉纳西是为了朝圣,那么,为什么世界各地游客都愿意为瓦拉纳西停下繁忙脚步?究竟是什么吸引那么多人来到这里,甚至不再前行,甘愿在恒河岸边流连?

我们与清晨第一缕阳光一同到达,已经有不少人在恒河中沐浴。冬季的瓦拉纳西,清晨已有些寒意,却丝毫没有影响信徒们的热情。离我们不到5米的地方,一位近乎裸体的老妇人正缓步走向恒河,她站在河边最后一级石阶上把手里提着的铜壶汲满水,然后慢慢向河的深处走去。在及胸的河水中站定后,她用手掌掬起恒河水洒在头上,然后一头钻到水里,片刻又站起来喝下两口河水,在冰冷的河水里,她就这样一次次埋进水里,又一次次捧起水虔诚地喝,全然不顾游人惊异的目光。天色一层一层地透亮起来,只一小会儿工夫,阳光便喷薄而出。阳光的金色亮片伴随着恒河碧波在她身畔跳跃起伏,而那位老妈妈却浑然不觉,她的灵魂似乎正在宁静与喜悦中升腾。

古代中国对印度的向往,大部分缘于对其哲学智慧的景仰,尤其是生命哲学。在玄奘法师心中,人世间所有生物生死相继,恰似白天日落西山,晚上秉烛照明,没有一个光明的掌管者。而在印度,圣贤辈出,教导众生,恰似明月朗照,而月圆月缺,犹如生命轮回。于是,他怀着一颗孜孜求学的心,朝着恒河畔的古老圣城进发了,那是他甘愿舍弃性命也要到达的"西天"。人们对河的命名一向直白,黄河、长江取其特点,印度河(Indus River)、布拉马普特拉河(Brahmaputra River)取其音译;而恒河(Ganges River),中国人将其翻译成"恒",音义兼得,贴切地传达出生生不息、亘古不灭的含义。

早在约公元前3300至前1700年的哈拉帕文明时期,恒河并不在南亚次大陆中举足轻重,对于当时居住在印度河流域的居民达罗毗荼人来说,印度河和萨拉斯瓦蒂河(Sarasvati River)才是他们的母亲河。公元前1800年左右,雅利安人从南俄草原入侵印度,在北部建立了他们的统治,继而不断向东方扩张领土,达罗毗荼人被驱逐南下,印度文明中心逐渐转到恒河流域。至此,这条在南亚次大陆地图上弯弯绕绕的线条在印度历史上写下了浓墨重彩的一笔。此后的印度王朝更迭,战乱不断,城市不断崛起又不断陨落,多少帝王策马扬鞭,在旧城废墟上建立起新城的荣光。瓦拉纳西也曾三次易名,从迦尸到贝拿勒斯,再到瓦拉纳西,从佛教圣地到英国殖民统治下的边城,再到印度教、佛教、耆那教共同的圣城。一座城,一条河,就这样缠缠绕绕地连接了一段又一段历史,恒河边那一栋栋陈旧楼房似乎也成了历史载体。游客们在船上对着这些景观一再按着快门,以最为便捷的方式把历史沧桑定格下来。然而,对于瓦拉纳西来说,历史何曾写在这些不明年代的粗糙建筑上呢?当人们在那些色彩斑驳的砖石中寻找它的踪影时,它早已藏身于恒河流淌千年的波涛中,镌刻在人们因死而参透的生的信念里。

20世纪60年代的一天,一个刚步入建筑设计行业不久的年轻人在乘船去欧洲途中,突然像受到召唤一样,在孟买下了船,乘火车来到了恒河畔圣城瓦拉纳西。他坐在恒河岸边,开始思考人活着的意义。就这样静静地坐着,静静地思考,最后他终于领悟:"人总会有倒下去的那一天,那就随它去吧。我要拼命地按自己的方式去活,用建筑作为武器,去抗争,去争取自由,凭借自己的力量去与社会做斗争。"

这个年轻人安藤忠雄后来成了当代最伟大的建筑大师之一。他在自己的游记《安藤忠雄都市彷徨》中写道:

> 我想,物质上的贫困会不会和精神上的贫困有所关联呢?但在从孟买前往瓦拉纳西旅行的途中,我渐渐改变了我的这种想法。
>
> 瓦拉纳西也贫困、脏乱、喧嚣,并且人满为患。然而在这混杂中,依偎着伟大的恒河流域……虽然物质贫穷,但应该

有的却未曾缺少。甚至那里也存在着"死亡"。火葬之后的骨骸则被撒入恒河中。人们在那儿洗涤、沐浴、刷牙。人们由河川孕育、成长、生活,并终究将回归到这赤褐色的恒河之流中。轮回转生,瓦拉纳西正是一个可以让人深切体会的圣地。在这里,"死"就存在于日常生活当中。因为"死"就在眼前,所以空气里充满了生的光辉。

想起这些文字,我转过头再次凝望这座城市,眼前仍是拥挤的人群,面上拂过的仍是恒河温暖潮湿的风。瓦拉纳西经历了无数个日夜,它脚下的恒河兀自奔流着,永无止息。

失眠手记

差序格局

元末明初杂剧家高则诚写过一本《琵琶记》，塑造了中国文学史上第一个"义邻"形象，在饥荒灾年，老汉张广才帮助邻居赵五娘下葬了饿死的公婆，资助她上京寻找赶考未归的丈夫蔡伯喈，并为她料理家事。京剧大师周信芳据此改编的《描容上路》有一段经典唱词，临行前张老汉对赵五娘细致叮嘱，特别强调的是，"逢人只说三分话，未可全抛一片心"。

这就是中国人人际关系的差序格局。人有善恶之分，但总体上，我们的爱与善意是有等级阶梯的，这又取决于距离亲疏与利益关系是否密切。

这也是现实中一些人公德与私德相背离的原因，就是说他（她）对身边人来说是个好人，却常常违背公共利益。

而那种无差别的爱,所谓"无穷的远方,无数的人们,都与我有关",并不容易,因为对大多数人来说,喊口号是容易的,切实付出与承担风险却是难的,甚至是不可理解的。

这种无差别之爱的诞生,源于信念和内心秩序,与利益无涉。这意味着,对待每一个人,除了是与一个具体的人发生联系,更是基于整体上对人的概念、文明精神的理解,以及对自己内心信念的交代。

我不认为这种等级之爱,就是东方文化的固有特点,而恰恰是中华文明创造性转化需要经受的洗礼。只有更博大的爱的精神得到光大,而不是功利主义、实用主义大行其道,才能够给人们以乐观预期,人类精神史上曾经有过的文明之光,才会在这一代人手上得以传递而不是萎缩。

己欲立而立人

教育界有句名言:"教育学是迷恋他人成长的学问。"一语道破教育的真谛。其实,工作也同样属于教育的场域。好的管理者应该树立的理念是:领导是迷恋员工成长的工作。

每个人人生中都会遇到这样的师长或领导,温和或者严厉,但共同点是会为你的成长发自内心地欣慰,出于公心奖掖扶持,让人感恩铭记,并立志成为同样的人。

马斯洛的理论说人最高的需求是自我实现,这毕竟是基于西方个人主义的价值观,格局和深度都不够。我们东方人思想中包含了更具超越性的需求,己欲立而立人,己欲达而达人,赠人玫瑰手有余香。甚至,个体的生命可以在更广大的空间和时间中得以实现。

社会并非原子化的个体的组合,自我在与他者的映射和互动中实现。这是更现实也更具哲理的人我观,符合马克思所说的"人是社会关系的总和"。

出于对单一强调集体主义的解构,我们突出了个体的价值,但带来的问题是"人"变得抽象,剥离了社会性,成为原子化、离散化的存在,这在年轻一代中更为明显,其影响在教育、职场管理和社会各个层面得以显现。

我们的文化主体性在哪里?与我们的文化土壤相适应的人格模式是什么?个性与全性、个体与他者的关系,何种程度上是最佳的?我们怎样更好地理解马克思对"人"的考察与想象?我们的教育理念、管理理念以及很多社会观念,又该有怎样的嬗变?这可能是值得思考的大问题。

崇高与平凡

日本历史作家井上靖《天平之甍》，讲述了日本天平时期第九次、第十次遣唐使赴唐及鉴真东渡前后几十年的事。书中人物，只寥寥数语，即鲜明刻画出性格面貌。其中最让人挂念的是老僧人业行，他用了30年时间抄写经书，而在回国渡海时遭遇风浪，他与自己用生命守护的经书一同葬身海底，让人悲恸命运的苍凉无情。

历史上有没有业行其人已不可考，或许只是出于井上靖虚构。书名《天平之甍》意为"天平时代的脊梁"，在井上靖心中，这些脊梁人物中，包括伟大的鉴真，包括荣睿、普照等历尽艰辛完成使命的留学僧，也包括终生"一事无成"的业行。

这个世界上，并不是每个人都有伟大的事业和崇高的使命要去完成，英雄固然值得景仰，在平凡中坚守信念，志存高远并持之以恒的普通人同样让人尊敬。少年时，我们或许都把目光投向鉴真，那巨大的光辉和传奇的旅程深深吸引了我们，而人到中年，想得更多的是业行，是因为意识到了自己的平凡。在平凡中坚持，才是人最宝贵的品质，也才有可能铸就不平凡。

如鲁迅先生的文章里说："优胜者固然可敬，但那虽然落后而仍非跑至终点不止的竞技者,和见了这样竞技者而肃然不笑的看客,乃正是中国将来的脊梁。"

和　解

一个知识分子,清高自诩不难,激言批判也容易,难的是与自己和解,与时代和解,同时清醒自持,知道这并不与苟且沉沦画等号。单纯的愤怒没有意义。这并不是异己的时代、别人的时代,终究是自己的时代,无从躲避,无从推卸。担起时代的重负,尽汝所能贡献一点光,才能离理想中的世界近一点。迅翁那么愤怒和绝望,却也说过,革命有血,有污秽,但有婴孩。

理想之问

这个时代,一直有人帮你制造幻想,让你去获得什么,却鲜有人教你克制欲望,坚守些什么。那些在理想与现实间泅渡的人,试图找到并不易得的平衡,为此而纠结乃至抑郁,而究其底,不过是将道德与价值的危机化约为了技术性的心理问题。

我们会安慰自己说:理想主义是可贵的,但健全的现实感以及审慎、妥协甚至迂回的精神也同样可贵。其实我们都在逃避和扭曲真相，寻求表面的和解，而不敢真正面对深刻的人性问题。尼采说，希腊城邦之所以覆灭，在于人们从苏格拉底身上坚信了理想，而抛弃了本能。我们都不愿意在苏格拉底的基调下讨论人生，一味相信现代性有它合理的逻辑。这是何等虚荣与自大。

如果那些永恒的哲学大问题终究需要无尽探索，那么探寻那些永无解答的奥秘，就是我们无从躲避的任务。始终横亘在你面前的问题是：如何不失尊严地过好这一生？如何才能不被时代所击败？这是这个世俗时代一份偏执却不容忽视的精神判词，也是横陈在求真向善的理想主义者面前的一个硕大问号。

此外，在一个有原子化个人倾向的社会中，尊重和包容是必要的，却仍然是不够的，同道之人的友爱与团结也弥足珍贵。人们应当寻求一种更为积极热忱的精神、智性的共同体，来抵御流俗风气的侵蚀。

非所宜言

"非所宜言罪"是秦国的主要罪名之一，即说了不该说的话。至于什么是不该说的话，秦律无明文规定。告密则更为古老，《史记》所载向纣王告发姬昌的崇侯虎，算得上告密者鼻祖，此后的直躬、曹无伤、宋之问、来俊臣、袁世凯……告密者攘攘如蚁不可胜数。连耶稣身边都会有犹大，又何况其他人呢？只不过从隔墙有耳进化到邻座有手机罢了。人之异于禽兽者几希，人性中的幽暗与恶是一头怪兽，需要提防和关紧，以免其冲出来噬人毁己。但非所宜言罪却是人造的，只有它不存在了，告密者才不会那么有市场。唯有制度的良善，才能制服人性的幽暗。

善在黎民中

古人曾说，仗义每从屠狗辈，负心多是读书人。这话有些绝对，却暗合了当下的社会情境。对于个人而言，道德是缚在自己身上的荆条，而不是拍向别人的板砖。对于社会来说，管理机制落后和资源配置不公，才会对民众提出更多道德要求。一个高呼道德的时代，恰恰说明了道德的普遍缺失，而道德溃败又是首先从精英阶层开始的，很多本应成为社会道德标尺的大人物们，并不具有与其地位相称的德性，反而是在底层社会中还残存着传统道德的余温。

礼失固然可以求诸野，但一个社会的道德沦丧靠乡野和底层社会去修正，几乎是不可能的，现代社会中乡野的影响力太微弱了，难以承担起教化一个民族的重任，而且在缺乏社会救济的情况下，底层社会的道德领地事实上也在逐步退却。当下，传统道德体系面临危机，建立在契约和法治精神之上的商业文明尚未完善，要让我们的生存环境摆脱丛林法则的影响，首先应该从精英阶层和掌握资源的强势者做起，从更居于中心的城市做起。值得看好的是在全球化背景下成长的、接受现代文明陶冶的新一代，但他们的缺陷在于对民族优秀传统的隔膜与疏离，如果不能补上这一课，也可能会数典忘祖。

异　数

对于鲁迅，我们或有所逆反，或因其锐利而不适应，还是没有真正读懂他罢。汪晖说的反抗绝望，钱理群先生说的彻底的怀疑，都触及了鲁迅思想的某个面向。这让我想到舍斯托夫，"惟其荒谬，故而可信"，真正的怀疑主义都是在不断寻找某种值得确信的东西。远自德尔图良、达米安、克尔恺郭尔、帕斯卡，近至别尔嘉也夫、陀思妥耶夫斯基，都是舍斯托夫的同路人。他们坚决声称，正因为荒谬才可信，正因为不可能才肯定，争取把不可能变为可能，乃是一场疯狂斗争，是以眼泪、呻吟和诅咒为代价的斗争。鲁迅是中国文化传统里的异数，也是中国为这个伟大思想谱系贡献的少数先驱者。

头脑没有障碍

上大学时读勃兰兑斯的《十九世纪文学主潮》，虽然是一本文学史，却揭示了一个人与一个时代的关系，人的命运取决于如何处理自我与时代主潮的关系。得风气之先，固然能成为弄潮儿，但逆主潮而行，也能成为孤胆英雄。印证百年前历史，胡适与王国维正好站在两端，均为堪称大哉的人物。放置当下，商业是否是时代主潮，媒体衰落背后的娱乐至死是否是真正的时代精神，用短的视界来看，很难得出答案。人都有时代和环境的局限，心之所向、素履以往，何其难也。所以只能不遮蔽本心，不停地探索和追寻，衔枚晦迹是个人选择，狂歌猛进亦无可指责，是否求仁得仁，只有冷暖自知。在一个混沌而躁动的时代，任何预设的立场和以为真理在握的审判都可能遭到嘲笑，而真正的自由在于头脑中没有障碍。

短链条正义

短链条正义，一个非常具有理论含量和阐述价值的命题。我的理解是，它与罗尔斯的"无知之幕"，分别处于两端，一个讲的是决策公正，一个讲的是评判客观。这个观念如能深入人心，是对阴谋论的消毒，对遇事就逼问动机的诛心之论的纠正，有助于提升社会整体的逻辑论理能力。

持蚝而歌

世道光怪，人心浇漓，因此有人深陷失望与无力感。竹林七贤之放诞，箕子伯虎之佯狂，心境亦不过如此吧。

很多事情太荒诞，荒诞到你觉得它不应该在这个世界上发生。然而，荒诞原本是这个世界的本质和真相。唯一的方法是戏谑，在貌似正经的嘲讽中将其解构。当你懂得了戏谑的意义，你便掌握了在荒诞世界生存的法则。

戏谑不是无心肝的接受，那是将自己等同于快乐的猪，等于放弃了内心真实。戏谑也绝不等于对抗，那只会陷入"无物之阵"。它甚至不是什么黑色幽默,只是悲凉底色上一丝淡淡的笑。它更不是箕子伯虎的佯狂,竹林七贤的放诞,它是在俗世中共舞,在现实中寻找出口,让精神得以自足的重要一环。在二十二条军规面前,它是助你逃逸的第二十三条军规。阮籍穷途而哭,不如东坡持蚝而歌。

人间值得

一个人有了才能和正直,却往往难免为此付出代价。旁人帮不上多少忙,只是真诚地祝福,不是祝福你时来运转,而是祝福你坚强而达观,对那些黑暗和猥琐报以轻蔑嘲笑,毕竟正直就是上天给你最好的奖赏。这样你才在精神上真正完成了自我,并在同样的人心中留下了痕迹。"所有事到最后都会是好事。如果还不是,那它还没到最后。"以上就是我对最后的好事的理解。有了这样的人和事,才觉得这人间还值得。

原　则

一个人值多少钱,看他的原则值多少钱。有的人用原则去做交易,表面上看起来赚了,其实都是一堆负资产。没有原则的人,就是一张假币。很多时候假币驱逐真币,那是因为没有遇到识货的人。择善固执的人,就是不断在为自己增值,收获的是心里的坦然,不被利益所绑架。有时候表面上是亏了,其实最终是赚了。

拒绝标签

任何贴标签的偏见,都是思维懒惰的表现,包括但不限于以地域、年龄、行业、成长环境、性别等属性人为划界,要知道,随便两个人之间的差距,都远远大于两个群体之间的差距。而贴标签相对了解一个具体的人来说,实在太容易了。在人类漫长进化过程中,如果不是思考基因战胜了这种懒惰基因,人类早就在残酷的生存环境中灭绝了。所以应该杜绝这类带有偏见的话语,否则在别人眼里,这样的人要么懒,要么蠢,要么很危险。

饥荒与公平

睡早了,半夜醒来,看一会儿书。要想明白一些问题,就需要其他思想理论的启发,比如孔飞力的《叫魂》,比如阿马蒂亚·森。

阿马蒂亚·森曾经深入地考察过饥荒问题。在《贫困与饥荒：论权利与剥夺》这本饥荒理论集大成的著作中，他挑战了习以为常的认识，即饥荒只是缘于粮食短缺。通过考察对比印度、孟加拉国等多次大饥荒的情况，他用大量数据得出了令人信服的结论——饥荒表现为一部分人没有获得足够粮食，然而却没有迹象表明这是粮食短缺引致，问题更多在于权利贫困导致分配不公。

他进而认为，要解决饥荒，直接办法在于信息透明、流动与可获取，以及政策的有效应对。而根本上，则在于建立一个公平、充满责任感的氛围，消除种种不平等和非物质性贫困。

随着生产力的发展，我们早已经觉得，饥荒是如此遥远的事情。然而现实告诉我们，在不确定的环境中，风险是无处不在无时不有的，而不同群体的抗风险能力差异巨大。更何况在物质饥荒之外，还存在文化饥荒、精神饥荒。在一个日益复杂化、精细化和风险多发的社会中，人文理念、治理思维与政策工具都非常重要。这些年来，"技术官僚"日益成为一个贬义词，但其实，我们恰恰需要的就是高明的技术官僚。

技术宰制

大数据智能化时代，我们每一次刷脸，每一次输入，每一次交易，都在将自己的隐私拱手送人，都是在让渡自己一部分内在，而在让渡的时候，并不知道它会被如何复制、打包和利用。如此下去，不用等到机器人主宰时代到来，人类就已经成为被机器对象化的肉身躯壳，成为行走的工具人。在硅基人占领地球之前，碳基人就已经缴械投降。

我们欢呼技术带来的便捷和高效，而对技术带来的深刻异化和无情宰制浑然不知。或许有一天，人类会像熊猫一样被保护圈养起来，作为进化遗存供人观赏。要避免这一切，无法在技术层面找到答案，只能到人性和伦理层面去思考。

人的构成包括生物基性、社会属性和精神灵性，现代哲学一大成就是对人的主体性的发现，而在魂魄与肉身日益分离的世界里，号称万物灵长的人，如何再次确立自身主体性？

短歌微吟

南方的山

　　南方的山不甚高，不甚大，不甚雄伟。但当我看过了很多的山，还是觉得湘中的山更熟悉，更亲切。

　　南岳七十二峰之首的回雁峰，不过是一个小山包。曾经名震天下的石鼓书院，为中国古代四大书院之一（相当于宋朝时候的北大、清华），也不过是湘江与蒸水交汇处一个江中小洲。

　　山因石鼓书院而得名，承远古文字之遗韵，故文风蔚盛，韩愈、朱熹、张栻等于此讲学，曾熙执掌书院有年。水面宽阔，声如擂鼓，故兵革事不断。诸葛亮、李芾于此练兵，曾国藩水师发轫于斯。

　　雪帅彭玉麟少时在石鼓书院读书，中年入曾国藩帐下，初于江面操练水军，后建成奇功，授兵部尚书、长江巡阅使,晚年于江对面建退省庵隐居,画梅花数万张。此人侠骨柔肠,剑胆琴心,为天下第一等奇男子。

山不在高,有仙则名。水不在深,有龙则灵。王鲁湘曾这样说:"我深知那样的山水,那样的江湖,那样的气候,那样的传说,那样的民风,是必然要激荡出那样的清怨之气、孤愤之气、风骚之气、南楚霸气和天地正气的。湖南士人活的就是这口气。"

山外有山宗此山。

南岳忠烈祠

塞下秋来风景异,衡阳雁去无留意。四面边声连角起,千嶂里,长烟落日孤城闭。浊酒一杯家万里……将军白发征夫泪。70年前的今天①,衡阳在坚守47天之后,被日军攻陷。方先觉率第十军以寡敌众,苦战不屈,予日军以重创,牵制了日军打通大陆交通线的步伐。衡阳保卫战是正面战场最悲壮的战例,衡阳是日军遭遇的最血性最阳刚的城市。一寸山河一寸血,七秩岁月已归尘。衡阳是唯一被授予"抗战纪念城"称号的城市,南岳衡山建有大陆

---

① 此篇文章写于2014年。

唯一一座纪念抗战正面战场阵亡将士的大型陵园——南岳忠烈祠。青山有幸埋忠骨，英名何曾照汗青。忠烈浩气长存，公道自在人心。

基　因

衡阳唐翼明、唐浩明兄弟联袂开讲家风家训，含金量极高。不仅因二人均为海内大家，学问深厚，更值得思考的是，出于时代原因，他们从小与父母分隔两岸，暌违半生，历经坎坷，一个初学水利一个游学海外，一个飞扬跳脱一个持重方正，但最终都走上了研习和弘扬传统文化之路，且卓然成家，不能不说是家族文化基因的影响和激励。浩明先生曾讲过一事，1985年，他隔了36年后与父母在香港再度见面，本想讲讲自己受的磨难和苦楚，父亲很快打断了他，只说了一句，天将降大任于斯人。

因为风的缘故

洛夫老先生亲自读自己的名作《因为风的缘故》，满口乡音让人莫名感动。洛夫是敝乡当世最大文豪，2001年因《漂木》获诺贝尔奖提名，高中时我曾熟读他的诗歌。

衡阳自王船山以降，文风鼎盛，知名者如陈衡哲、洛夫、琼瑶、唐翼明、唐浩明、残雪、海岩、刘和平等，且多为身世曲折离奇之人。这首诗是洛夫写给妻子的情诗，但另有一段趣事，1988年洛夫自台返乡，受邀题字，他写的是：为何雁回衡阳，因为风的缘故。确实机智，但其中况味令人感喟。

继往开来

Y兄青年才俊，虽非湘人，却对湖南近代以来的历史风云、人物掌故、文化风尚如此熟稔，以钱基博先生《近百年湖南学风》为引线，作了细致梳理和精辟评说，对湘人精神和学风之指认公允而独到。令人佩服，亦感到惭愧。

惭愧之在于，我也曾经想过好好写写故乡人物风流，终没有下笔，一则在于近乡情怯之故，不敢轻易为文；二则也是认为，不管是个人还是乡党，尽量不要沉醉于过往所谓辉煌之中，客观平视甚至反思，乃是更健康自信的心态。

每一个地方，或远或近，都有过傲人历史，对于后人而言，与其说这是一种荣耀，不如说是一种责任。追慕先贤的最好态度，在于从他们那里吸取营养，运用于实践，以求有用于当时与后世，继往以开来。

奋斗无止境，湘人当自强。

春节思悟

春节是农耕时代的产物,它一定会因社会转型变迁,不断嬗变、更新,这样才有生命力,而不是原封不动地保持和传承。

我们会抱着浪漫主义情愫,怀念曾经浓郁的年味,为昔日世界蒙上一层审美面纱,而不经意地忽略了它也有的粗陋、匮乏乃至不堪。

有一本书叫《昔日美好的时光,它们糟透了》(*The Good Old Days*, *They Were Terrible*),讲人类生活在20世纪初是多么糟糕。其实理性想一想,世界上很多事情都是这样,经过了过滤和隔离,怀念起来觉得很美好。

用开放的心态看待春节的变迁,不用过于多愁善感地担心年味丧失和习俗难以为继。毕竟春节的真谛在于,家庭之爱与团圆,对时间与自然的敬畏。而其他一切,不过是外壳和形式。

慧命

巫漪丽在演奏时倒下,这是有福报的人。正如黄永玉为沈从文所写的话:一个战士,若不战死沙场,便是回到故乡。

一些文化老人的离世,如洛夫、朱旭,早一点的如王世襄、周有光,以及刚刚离世的巫漪丽,总让人颇为伤感,于我而言,他们是"予人慧命者"。对这个浮躁的社会来说,对文化的虔诚,毕生一事的专注,不计得失地致力于创造,因他们的离去正变得越来越稀薄。

珍 惜

沈庆的骤然离去,翻开一段段尘封记忆。仿佛一帧帧略微发黄的人生剪影,又在眼前铺陈。那白衣飘飘的年代,那激情燃烧的日子,堆叠在岁月深处,曾经滋养过心灵,润泽过生命,为匆匆人生增添过亮色,让今天的一切其来有自。过分怀旧或许是不适宜的,也无须伤感,人如果活在他人的心中,其实就没有离去。它们更像是一种提醒,对于所有来自他人的创造、点化和陪伴,都应该心存感恩,因而珍惜世间一切馈赠,并以同样的方式去回报,也由此更加珍惜每一天,善待每一个人,这样的感念、惜缘,正是人世间堪以慰藉的温情。

春 意 思

　　大学时,学校举行春联征集比赛,硕儒耆宿纷纷出手,水平那叫一个了得。令人没想到的是,公认最佳也摘得桂冠的,作者是学校车队的一名司机。他写的是:数点梅花,报春天消息;半间陋室,藏秋水文章。确实不凡,连一向自矜的老先生们也甘居其后。

　　今日立春,突然想到这个。十步之内,或有贤士。每个普通的面孔,说不定胸中就养活着一团春意思。

作为隐喻的海岛

　　拿荷马史诗《奥德赛》中奥德修斯的历险来说吧,他从一个海岛漂泊至另一个海岛,每个海岛都有其独特的引人入胜之处。这个海岛上生活着独眼巨人,另一个海岛上居住着风神埃俄罗斯,埃阿亚岛属于女巫喀尔刻,她能把人变成猪,而斯里那基亚岛是太阳神赫里阿斯放牧公牛的所在。最后奥德修斯漂泊至俄古吉亚岛,这是女神加里普索居住的海岛,她深深地爱上了奥德修斯,强行把他留在身边陪伴她达七年之久,并且让他成仙,赐他长生不老,可是这个流落他乡的人日夜思念故乡伊萨卡,这个长生不老的仙人更爱他的发妻——凡女珀涅罗珀。临了,他被海浪冲到了法伊阿基人的国王的海岛,他的命运终于得以改变。根据古老的传说,这个海岛可能是科孚岛。

　　有关极乐岛的神话在欧洲人的文化意识中是根深蒂固的,其所以吸引人可能是因为滔滔的海水使这些岛屿得以同历史阻隔。宙斯创造出的第四代人比以前的人类更高尚、更公正。他们是神祇英雄的一代人,即古代所称的半神英雄们。可是最后他们也陷入仇杀中,有的为了夺取俄狄浦斯国王的国土,倒在底比斯的七道城门前;有的为了美丽的海伦跨上战船,倒在特洛伊的田野上。当他们在战争和灾难中结束了在地上的生存后,宙斯把他们送往极乐岛,让他们居住和生活在那里。极乐岛在天边的大海里,风景优美。他们过着宁静而幸福的生活,富饶的大地每年三次给他们提供甜蜜的果实。

法国画家华托的名作《舟发西苔岛》前后共存三幅。西苔岛是希腊神话中爱神阿佛洛狄忒的乐园,是一众缪斯聚会行乐的所在,当然也是臆想中完美的恋爱处所。华托运用极富诗意的笔法,层析着涂上几层颜料,细腻笔触迷蒙地表现出远景的山水树木。一对对男女情侣,或窃窃私语,或耳鬓厮磨,流露出无限爱怜的情感。

思想界人士有时也会神游该类岛屿,就如托马斯·莫尔那样,他称这类岛屿为乌托邦;波兰 18 世纪大诗人和作家克拉西茨基,也作过这类神游,他笔下的那个海岛名曰尼普岛。

只有在莎士比亚的《暴风雨》中,普洛斯彼罗在逃到荒岛之后真正创造了奇迹。米兰公爵普洛斯彼罗被弟弟安东尼奥篡夺了爵位,只身携带襁褓中的独生女米兰达逃至一荒岛，他依靠魔法成了岛的主人。后来，他制造了一场暴风雨，把经过附近的那不勒斯国王和王子斐迪南及陪同的安东尼奥等人的船只弄到荒岛，又以法术促成了王子与米兰达的婚姻，结局是普洛斯彼罗恢复了爵位，宽恕了敌人，返回家园。

法国科幻作家儒勒·凡尔纳著有《神秘岛》，用天才的想象把海岛的神秘营造到了极致。小说里写道，美国南北战争期间，有5个北方人被困在南军城中，他们偷乘热气球逃跑。途中，被风暴吹落到太平洋中心一个荒岛上。但是他们并没有绝望，而是团结一致用智慧和毅力克服了重重困难，从无到有，制造出了多种生产工具和生活用具，并救起了被遗弃在另一个荒岛上独居了12年的"野人"。在他们遭遇危难的时刻，总有一个神秘人在暗中帮助他们，这个人就是曾经是印度王子的尼摩船长。最后，火山爆发，荒岛遭到灭顶之灾，他们被抛到荒岛仅存的一块礁石上侥幸逃命。生死存亡关头，格兰特船长的儿子指挥的"邓肯号"搭救了他们，使他们重返祖国。他们用尼摩船长留下的一箱财宝，在艾奥瓦州购置了广阔土地。他们用沉没在太平洋里的荒岛名字来给这块土地命名，把这里的河流、山脉、森林和湖泊分别叫作慈悲河、富兰克林山、远西森林、格兰特湖。他们要把这里建设成为一个繁荣的陆上海岛。

1704年，苏格兰水手赛尔柯克在海上与船长发生争吵，被船长遗弃在荒岛上，四年后被救回英国。赛尔柯克在荒岛上并没有作出什么值得颂扬的英雄事迹，但英国作家笛福根据这个故事写出了关于冒险与征服的《鲁滨孙漂流记》。鲁滨孙不顾父亲的劝阻，决心要出海经商。一次不幸在大海中遇险，船上只有鲁滨孙一人脱险，他漂流到一座荒岛，一个人在岛上造屋、种麦、喂羊、造船。后来从岛上的土人手里救出了一个将要被杀的人，作为自己的奴隶。他在岛上生活了28年，最后搭一艘路经荒岛的英国船回国。但他念念不忘"领地"，还专程来"视察"他"领地的居民"，并给岛上带去一些必需品，使荒岛变得兴旺繁荣。鲁滨孙是个劳动者同时又是资产者和殖民者，他顽强不息地与自然作斗争，既是为了生存，也是为了占有财富和土地。

海岛还是海盗埋藏大量财宝的地方。斯蒂文森的《金银岛》，人们认为应是英属维尔京群岛中离托尔托拉岛不远处一个小的荒岛。小说为我们讲述了一个曲折、惊险的探宝故事。少年吉姆偶然得到了金银岛的藏宝图。有钱的乡绅屈利劳尼先生买了一艘名叫"伊斯班袅拉"号的帆船，和李甫西医生一起，带着小吉姆到茫茫大海一个荒岛上去寻宝。以西尔弗为首的一批觊觎宝藏的海盗装扮成水手,也随船前往金银岛。围绕海盗船长弗林特埋在岛上价值70万英镑的宝藏,寻宝者与海盗之间展开了一场生死搏斗。由于斯摩列特船长指挥有方,医生冷静、果断地与海盗周旋,吉姆机智、勇敢,他们多次挫败了海盗的阴谋,平息了战乱,最终寻得了宝藏,平安返航。

英国讽刺文学家斯威夫特的《格列佛游记》第三卷,描写了格列佛游历飞岛国的见闻。飞岛国有一块属地,如果居民稍有不顺,飞岛就飞临上空,断其阳光,或把属地居民压成齑粉。飞岛成了压迫属地人民的工具,作者借此表达了对英国政府残酷压迫爱尔兰人民的强烈不满。

德国作家格里美尔斯豪森《痴儿西木传》第六卷记载西木第二次远游,流落在一座荒岛上,在那里以劳动为生,决定不再回到充满罪恶、屠杀和欺骗的欧洲。法国作家皮埃尔·洛蒂的《冰岛渔夫》取材于法国布列塔尼北部地区渔民的生活。世世代代以捕鱼为业的"冰岛人",每年都要在带给他们欢乐与痛苦的同一片海域度过漫长的春季和夏季,直到秋天才返回家园。大海培养了他们对生命的特殊感受和生活态度。

中国传统文学中也有很多传奇海岛和异国历险的描述。传说蓬莱、瀛洲、方丈是海中三座神山,为神仙居住的地方，自古便是秦皇汉武求仙访药之处。相传吕洞宾、铁拐李等八位神仙，在蓬莱阁醉酒后，凭借各自宝器，凌波踏浪、漂洋渡海而去。而田横岛本是一座无名小岛，它得名于一桩惊天动地、壮美凄绝的千古传奇。据《史记》载，秦末汉初，韩信带兵攻打齐国，杀死齐王田广。当时任齐国宰相的田横率领500名誓死不降的将士退守到黄海中一个荒岛上，以备东山再起。公元前202年，刘邦在洛阳称帝。刘邦恐田横为乱，便派遣使臣召田横赴洛阳。为了保全部属，田横毅然应诏。途中，田横因羞于向刘邦称臣而自刎。噩耗传来，部属500人集体挥刀殉节。后人感其义，收集遗骨合葬于岛之西部最高峰，称为田横五百义士墓。

明代李汝珍著有《镜花缘》，写唐敖及多九公、林之洋结伴游海外的种种奇闻逸事，诸如在君子国、穿胸国、女儿国等奇遇，以及种种奇异生物，如《山海经》之奇幻想象但内容又具体丰富得多。

与世隔绝的荒岛、恶劣的生存环境也往往成了人性之恶的放大镜。英国作家威廉·戈尔丁的《蝇王》描述了这样一个故事：在一场未来的核战争中，一架飞机带着一群男孩从英国本土飞向南方疏散。飞机被击落，孩子们乘坐的机舱落到一座世外桃源般荒无人烟的珊瑚岛上。起初这群孩子齐心协力,后来由于害怕所谓的"野兽"分裂成两派,以崇尚本能的专制派压倒了讲究理智的民主派告终。

另一位英国作家威尔斯写出了《摩若博士岛》:生物学家普兰迪克在大洋中遇险获救后来到了摩若博士所统治的小岛上。摩若博士对各种动物用活体解剖的方式进行器官移植和外科变形手术,使其成为介于人兽之间的怪物。这些兽人经过训练具有人的某些特征,但仍保留了动物本身的野性,于是发生了一幕幕惨剧,最后摩若博士惨死在美洲豹的爪下。

香港著名武侠小说家金庸,青少年时代生活在浙江,对沿海岛屿比较知情。1957年至1959年,他构思写作《射雕英雄传》,需要设计一个海上的岛,不能离陆地太近,也不能太远,于是他翻阅地理书,认为桃花岛最为合适。它离南宋首都杭州不太远,南宋时岛上罕有人迹,是非常适合黄药师、黄蓉、周伯通等人物活动的天地。恣肆汪洋、奇特玄奥的众多武侠小说,都少不了象征着遗世独立、放逐、神秘和奇遇的海岛。

在近百年内,无忧无虑生活的海岛"造梦"日趋成熟:棕榈、阳光、碧海……美国作家赫尔曼·麦尔维尔大大推动了这类"造梦"的创作。麦尔维尔在青年时代曾当过捕鲸船的船员,有一回他逃离捕鲸船,登上太平洋中一个岛,在岛上性情温和的野人中间度过了几个月幸福的生活。根据这些经历,他写出了《白鲸》等小说。

20世纪电影艺术兴起,众多镜头一次又一次对准海岛,科技高速发展的今天,海岛成了远离尘嚣的"天堂"的代名词,无数电影或明或隐地渲染这种甜得发腻的理想。最为典型的是风靡全球的电影《青春珊瑚岛》:阳光、沙滩、海浪,青春逼人的波姬·小丝,浪漫得发腻的爱情——这时的荒岛,俨然成了伊甸园。《夏日的么么茶》则是一个中国版的海岛爱情故事。

影帝汤姆·汉克斯主演的《荒岛余生》讲述的是一个"现代鲁滨孙"的故事,并且加入了工业文明的反思和批判:恰克·诺兰任职"联邦快递"业务督导,负责监督全球各家分支机构的工作效率,这是一个整天飞来飞去的工作,一次公务中飞机在海上意外失事,恰克成了唯一幸存者,不过也因此流落荒岛,开始了野人般的生活。4年后,恰克终于获救,可从自给自足的日子一下子回到了物欲横流的现代文明,恰克显然是不知所措了,而恰克的未婚妻凯丽面对失而复得的未婚夫,更是手足无措。主人公一如"联邦快递"的遗失货物,不管是在荒岛上或是回归社会,对于生命或是爱情,都没有任何掌控权。这也是一个隐喻,不管是现实漂流还是生命历程,在古往今来宇宙的运转中,我们都只是一件行李,一件随时可被抛弃的行李。

香港电影《有时跳舞》讲的是几个男女困于因病菌传言而遭封锁的一个小岛上，故事最后落到了张爱玲《倾城之恋》的结尾上：死生契阔，人生至此，其实也只不过想有个肩膀来靠靠。日本电影《裸之岛》表现的是岛民坚忍卑微的劳作生活，意大利影片《踩过界》试图讲述在孤独境地下人的位置逆转而产生的游戏规则变化，美国惊悚片《小岛惊魂》在小岛诡秘幽暗的恐怖气氛中，传达出阴阳难辨、人鬼不分、生死交错的生命哲学。

《金银岛》被拍成了几种版本的动画片，甚至把场景移到了广袤的星际空间。俄国导演费多尔·希特鲁克拍摄的著名动画片《孤岛》情节非常简单：一个孤岛中的人，向来往船只呼救，没有人救他。有人来砍走了树，有人来采走了油，有人来送他一个十字架，还有人抓住他研究。短短的片子，是一个现代社会的微缩模型，政治、经济、宗教、传媒，都在孤岛中给自己投了否决票。最后的希望在哪里？又一个人来了，他有一块小小浮木，而且让出一半。于是，两个人，一块浮木，离开了孤岛，在大海中漂流。他们有目标吗？他们有力气吗？不知道。歌声袅袅，依然细弱，却传来了希望的暖意。

后　记

　　这本集子中的文章写作跨越了 20 年，细心的读者或许能感受到其中风格的变化。在数十万文字中选出这些篇目，是因为有一贯的主题在其中，如果加以对应，第一辑是"还乡"，第二辑则是"漫游"。

　　从我开始写作起，受惠于古今中外文学谱系中众多大师的滋养，为避免挂一漏万，就不在此处列出姓名。对于曾予我慧命者，心怀感恩。

　　感恩故土与亲人，他们让我在外打拼与漂泊之中，一直有回望和驻足之地，让我更加懂得爱的意义。

　　感谢浙江人民出版社慧眼有加，玉成此书出版。感谢尚咪咪老师的辛勤编辑之功。

　　本书中的图片出自衡阳本土摄影师阳启宝之手。我的师妹小谢帮我辗转联系到他。从他的镜头中，我发现故乡居然这么美。我们分别使用文字和图像,其实表达的是相似的感情。如果没有这些图片加持,本书会失色不少,在此对他表示感谢。

作者 2024 年 2 月 3 日于北京